세계대전

Z

외전

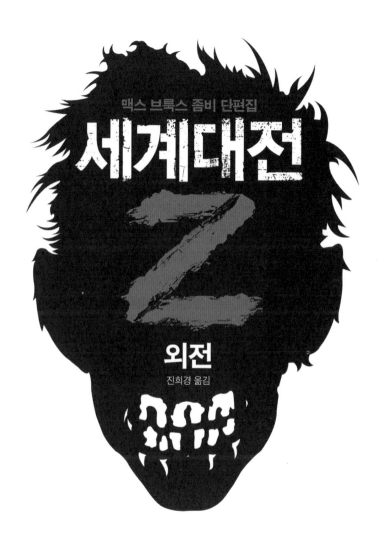

맥스 브룩스 좀비 단편집

세계대전 Z

외전

진희경 옮김

CLOSURE, LIMITED
AND OTHER ZOMBIE TALES

황금가지

목차

서문

모든 것을 가능하게 한 사람,

미셸 콜로스 브룩스에게

일러두기
본 도서는 맥스 브룩스의 2011년 출간작 『Closure, Limited and other zombie tales』를 저본 삼아
번역되었습니다. 작품의 세계관은 동저자의 저작물인 『세계대전Z』나 『좀비 서바이벌 가이드』와 공
유되니, 먼저 읽어보시길 권유드립니다. 본 도서는 맥스 브룩스의 『세계대전Z』에 수록되지 않은 작
품을 포함하여 좀비 단편 네 편을 묶은 단편집입니다.

좀비들이 나를 찾아왔다. 확실히 내 쪽에서 먼저 그들을 찾고 있지는 않았다. 1985년 무렵의 일이다. 나는 12살에서 13살로 넘어가는 시기였다. 그 당시 부모님은 '케이블 TV'라는 걸 막 달았을 때였고 학교 친구들 사이에 이 기계에 대한 소문이 돌았다. 가끔 멀쩡한 여자들이 나와서 이유도 없이 기꺼이 윗도리를 벗어 보여준다는 것이다! 우리 부모님이 저녁에 외식을 하러 나가실 때마다 나는 지체 없이 두 분의 침실로 갔다. 나는 어느 사찰의 수도승처럼 인고의 자세로 화면 앞에 앉아 기다렸다. 기다리고, 바라면서, 기도했다. 그러던 어느 날 밤, 원하던 바가 이루어졌다. 진짜 살아있는 여자가 화면에 나타났다. 완전히 벗은 채로 말이다! 열대 지방의

한 마을을 걷고 있는 그녀의 주위에서 원주민들이 춤을 추었다. 내 청소년기의 두뇌가 눈에 보이는 광경을 받아들이려고 애쓰면서 든 생각은 '이제 내 인생은 완전히 달라졌구나' 하는 것뿐이었다. 그 생각이 얼마나 옳았는지 그때는 전혀 모르고 있었다.

그들이 어둠 속에서 나왔고, 느릿느릿 걸으며 신음소리를 냈다. 그리고 갑자기…… 파티가 끝났다.

그때부터는 기억이 가물가물하다. 붙잡혀서 살이 찢기고 먹히는 사람들의 비명 소리로 가득 찬 악몽의 단편들만 떠오를 뿐이다. 고양이였던가? 작은 동물이 한 노파의 송장 위에서 뛰어내린 것이 기억난다. 그 창백한 송장의 입술에는 피가 말라붙어 있었다. 어느 국가의 지도자도 기억난다. 홀로 도움을 간청하던 그를 두고 각국의 UN 대표들은 해결책을 찾느라 쓸모없는 언쟁이나 하고 있었다.

무엇보다도, 나는 '그들'을 확실히 기억한다. 아무 생각이 없이 느릿느릿하게 움직이며, 전혀 사람이라고 할 수 없는 그들. 그들을 생각하면 내가 최근에 본 영화 한 편이 떠오른다. 거대한 상어가 나오는 영화였는데 등장인물 중 하나가 그 상어를 두고 '식귀'라고 불렀다. 또 다른 영화도 연상되는데, '연민이나 양심의 가책이나 공포 따위를 느끼지 않고 무한 폭주하는' 살인마 사이보그에 관한 이야기다. 그 영화들은 내 부모님 세대의 세상을 찢어발기고 떼 지어 그 세대의 친구들을 죽이던 너무나 생생한 역병을 떠올리게 한다. 그들은 내가 상상할 수 있는 최악의 공포심을 안겨 주었다. 그들은 바로 좀비들이다.

그날 밤에 내가 봤던 영화는 「좀비들의 밤(Night of the zombies)」(이 제목은 미국 개봉 제목이며 국내에는 「헬 오브 더 리빙 데드(Hell of the Living Dead)」로 알려져 있다. 원제는 브루노 매테이 감독의 이태리 영화로서 「바이러스, 살아있는 시체들의 지옥(Virus, l'inferno dei morti viventi)」이다 — 옮긴이) 이었다. 99.9% 장담하건대 그 영화의 제작자는 실제 다큐멘터리의 식인 영상을 그들의 역작에 섞어놓았을 것이다. 실제로 그랬든 아니든, 영화의 장면 장면은 내 청소년기의 두뇌에 깊이 각인되었다. 몇 년간 나는 그 반 인간들에게 씌어 있었고, 누구도 꺾을 수 없는 혐오스러운 존재들이라는 점에 푹 빠져지냈던 것 같다. 그 영화는 육식성의 놈들이 펼치는 맹렬한 공격에 무력한 인간을 그려내고 있었다. 나는 그렇게 수긍할 수가 없는데? 내가 무력한 인간상을 납득하지 않던 중에 그의 영화가 운명처럼 나타났다!

그의 이름은 조지 A. 로메로였고 영화의 제목은 「살아있는 시체들의 밤(Night of the living Dead)」이었다. 나는 열일곱 아니면 열여덟 살쯤에 이 영화를 봤는데, 나는 이 즈음에 내 방과 케이블 TV를 가지고 있다는 것이 달라졌을 뿐, 사춘기의 여명 때 못지 않게 여전히 상의 벗은 여자에 빠져 있었다. 나는 내가 악몽 같은 좀비들 따위는 다 졸업했다고 착각하고 있었다. 그런데 그들이 다시 돌아온 것이다! 살점을 뜯어 먹는 아귀들의 귀환은 그들의 이태리계 사촌들만큼 엄청났다. 나는 예전에 그랬던 것처럼 눈앞에 펼쳐진 대학살의 광경에 압도되어 눈을 뗄 수가 없었다.

그러다 문득 이 영화에는 유럽식 피의 살육을 허무주의적으로 찍어내기만 하던 이전의 영화들과 다른 무언가가 있다는 것을 깨달았다. 이 영화에는 '희망'이 있었다! 새로운 규칙이 몇 가지 생겨난 것이다. 공격하는 놈들의 강점과 약점을 정해놓고 확실하게 경계를 짓고 있었다. 놈들은 우리만큼 똑똑하거나 세거나 강하거나 빠르지도 않았다. 무엇보다도 중요한 것은 그들을 막을 수 있는 방법이 생겼다는 점이었다! 머리에 쏜 총알 하나, 그거면 충분했다! 그리고 불현듯 나는 깨달았다! 우리가 느꼈던 공포의 대상은 좀비가 아니라 그들을 어찌할 수 없었던 우리의 무능함에 있었다는 것을! 나라면 그러지 않을 것이다! 나라면 옳은 판단을 할 것이다. 나는 대비를 할 것이다. 나는 미련스러운 짓을 하거나 공포에 사로잡혀 있지 않을 것이다. 그들이 나에게 달려들면 무슨 짓을 해서든 살아남고 말 것이다!

그 후로 오랜 시간이 지난 뒤, 전 세계가 피할 수 없는 21세기 종말론을 제외한 모든 것에 대비하고 있을 때, 나는 끝없이 쌓여가는 재난 대비 매뉴얼을 읽고 있는 나 자신을 발견했다. 그러고는 생각했다. '좀비는? 좀비가 나타나면? 좀비들은 어쩔 건데?' 당연히 누군가는 그 살아있는 시체들에게 공격 당할 때 살아남는 법에 대해서 책을 써야 한다. 반드시 그 문제에 강박적으로 사로잡혀 있고 주체할 수 없을 만큼 시간도 넘쳐나는 덕후 같은 사람이 '만약 그러면'이라는 의문을 가진 끝에 뭔가 대책을 세워야만 한다. 공교롭게도 그 강박적으로 사로잡혀 있던 덕후가 바로 나였다.

『좀비 서바이벌 가이드』가 출판되리라고는 생각해 본 적이 없었다. 그냥 나 혼자 읽어볼 요량으로 써 본 것이기 때문이다. 살아있는 시체들은 줄곧 나를 매료시켰고 물론 두렵기도 했지만, 나이가 들수록 그들에 대한 집착은 커져갔다. 좀비는 세계적인 현상이며, 사회 붕괴 현상을 비추어 볼 수 있는 완벽한 렌즈다. 그들은 사스(SARS)도 되고, 에이즈(AIDS)도 된다. 도시 전체를 삼켜버리는 허리케인이자 전 대

류을 불살라버린 '지배자 민족'(스스로 다른 민족을 지배해야 마땅하다고 여기는 제국주의 국가들이 표방했던 사상 ― 옮긴이)도 된다. 그들은 실존하는 위협이면서 싹쓸이 역병이다. 우리 인간의 자멸을 초래할 약점이 그들을 통해 드러나게 될 것이다. 나는 결코 그들에 대한 두려움을 잊지 않을 것이다.

클로저 리미티드
세계대전 Z의
이야기

아이슬란드 베루피오르두르

토머스 키에스테드는 전쟁 전에 찍은 사진과 완전히 똑같은 모습이었다. 골격은 상당히 가늘어졌고 새치로 머리가 백발이 되긴 했지만, 그의 얼굴에서는 '생존자의 눈빛'을 찾아볼 수 없었다. 그는 '아프리카 여왕' 호의 갑판에서 나를 향해 손을 흔들었다. 90미터가 넘는 요트였던 배는 헝겊을 덧댄 돛을 달고 해군식 회색으로 도색이 되어도 여전히 훌륭해 보였다. 사우디 왕족의 노리개였던 장난감 배가 이제 유럽 연합 깃발을 휘날리며 '클로저 리미티드'(Closure Limited)의 이동식 본사 역할을 하고 있는 것이다.

승선을 축하합니다! (보급품을 실은 보트를 배 옆으로 대자키에스테드 박사가 손을 뻗었다.) 끝내주는 파티죠, 안 그렇습니까?

피오르드(높은 산의 골짜기를 따라 발달한 빙식곡이 해수로 침수되어 형성된 U자형의 좁고 깊은 만. 특히 노르웨이의 피오르드를 일컫는다——옮긴이)에 닻을 내리고 모여 있는 전함들과 병력 수송선을 두고 하는 말이었다.

우리에겐 이번 일이 단순한 정찰 원정이라서 다행입니다. '대상자'들을 확보하는 일이 점점 더 힘들어지고 있거든요. 동남아시아는 안정적이지만 아프리카는 씨가 말라가고 있어요. 러시아는 한때, 물론 비공식적으로 말이지만, 우리 수출업자들이 가장 많은 나라였는데 이제는……. 정말로 자기네 국경을 폐쇄할 생각인 것 같습니다. 설사 개인적인 규모일지라도 '융통성 있는 교섭행위'를 허용하지 않겠답니다. 러시아에 뇌물이 먹히지 않는다니 세상이 어떻게 되려고 이러는 걸까요?

B 갑판으로 내려가면서 그가 싱긋 웃었다. 불을 밝힌 갑판 승

강구 쪽에서 크게 야단법석하며 동요하는 목소리가 복도를 울렸다.

아니에요, 그게 아니라. (키에스테드가 어깨너머로 손짓을 했다.) 크리켓 시즌이거든요. 스리랑카 대 서인도 제도 경기죠. 트리니다드(영국 연방의 일원으로 카리브해 남동부 국가인 트리니다드토바고의 주요 섬 ― 옮긴이)에서 오는 BBC 생방송 중계 전파를 바로 받거든요. 걱정하실 거 없습니다. '대상자'들은 모두 아래에 특별히 제작된 선실 안에 격리되어 있습니다. 돈이 제법 들었지만 덕분에 우리가 특별히 조치할 일이 없죠.

C 갑판에 다다른 우리는 선실과 갖가지 장비 보관실을 지났다.

공식적으로는 EU 보건성에서 모든 자금을 보내주고 있습니다. 배와 선원, 그리고 '대상자'들을 모으는 데 필요한 군사적 교섭까지 지원받고 있는데, 병력 지원이 어려울 때는 '임피시'(Impisi. 하이에나라는 뜻의 줄루어 ― 옮긴이) 같은 용병을 살 수 있을 만큼의 돈을 보내주죠. 왜 그 '하이에나'들 있잖습니까. 푼돈 가지고 부르려면 어림도 없거든요.

공식적으로 미국에서 받는 기금은 전혀 없어요. C-SPAN 채널에서 당신네 의회가 연 토론회는 봤습니다. 공개적으로 지원하자고 하던 그 상원의원은 사람 꽤나 질겁하게 만들더군요. 지금쯤, 뭐, 국가 묘지 등록부의 말단으로 일하고 있으려나요?

아이러니하게도 우리 자금의 대부분이 모두 미국에서 옵니다. 개인 명의로 오거나 자선단체 명의로 오죠. 당신네 (법적인 이유로 이름을 삭제함)이 기금을 마련한 겁니다. 수십 명의 미국인이 우리 서비스를 사용할 기회를 준 거죠. 솔직히, 우린 한 푼이 아쉽거든요. 쿠바 페소라도 감지덕지죠. 지금은 누가 뭐래도 돈이 있어야 뭐든 되니까요.

'대상자'를 모으는 일은 어렵고도 위험해요, 극도로 위험하죠. 하지만 그 부분은 오히려 상대적으로 비용이 저렴하게 듭니다. 준비 단계, 그게 진짜 돈이 들어가는 부분이에요. 키나 체격, 성별도 적합하고 얼굴 생김도 얼추 비슷한 '대상자'를 찾았다고 해서 다 된 게 아니에요. 일단 찾고 나면……

그는 고개를 가로 저었다.

그때부터 본격적으로 일이 시작되는 거죠. '대상자'의 머리카락은 깔끔하게 자르고 가능하면 염색도 합니다. 얼굴 형태를 재건하느라고 엄청난 시간을 들여야 하는데 그렇지 않으면 사실상 무에서 유를 창조하는 건데 아예 맨땅에 헤딩하듯이 새로 만들어야 하거든요. 유럽과 미국에서 데려온 최고의 전문가들이 일하고 있습니다. 대부분은 기준 임금을 받고 일하거나 '공익 차원에서' 봉사하는 사람들이 대부분이지만 몇몇 사람들은 자기네 재능이 얼마의 가치를 가지는지 잘 알기 때문에 일하는 시간이라면 1초도 빠짐없이 계산해서 받으려고 합니다. 잘나빠진 새끼들.

E 갑판은 강철 해치로 폐쇄되어 있었는데 덩치 큰 두 사람이 무장을 한 채로 지키고 있었다. 키에스테드가 덴마크어로 그들에게 무언가 이야기를 하자 그들이 고개를 끄덕이더니 나를 바라보았다.

죄송하게 됐습니다. 규칙이라 저도 어쩔 수가 없네요.

나는 미국 신분증과 유엔 신분증, 그리고 법적 권리 포기 각서의 서명된 사본, 내가 쓴 동의서를 보여주었다. 동의서에는 유럽연합의 정신 보건부 장관 인장이 찍혀 있었다. 경비들은 그것들을 면밀히 살펴보았다. 전쟁 전 시대의 자외선 조명까지 비추어

보더니 내게 고개를 끄덕여 보이고 문을 열어주었다.

키에스테드와 나는 조명으로 환하게 밝혀진 통로로 걸어 들어갔다. 정체된 공기에서는 아무런 냄새도 나지 않았고 심하게 건조했다. 제습기 돌아가는 소리가 들렸는데 크기가 작은 것이 여러 대 돌아가는 것 같기도 하고 엄청나게 크고 성능이 좋은 것이 한 대 돌아가는 것 같기도 한 굉장한 소음이었다. 양 옆에 늘어서 있는 강철 해치는 전자 키로만 열 수 있었고 허가받지 않은 자는 관계자 외의 출입을 금한다는 경고가 몇 개 국어로 쓰여 있었다.

바로 여기가 그런 일을 하는 곳입니다. 준비 단계요. 들어가 볼 수 없어서 유감입니다만 아시다시피 직원들의 안전 때문에 그렇습니다.

키에스테드는 손이 닿지 않을 만큼만 팔을 뻗어 조심스럽게 문 쪽을 가리키며 말했다.

얼굴과 머리카락 손질은 준비 단계에서 하는 일의 일부에 불과합니다. '의상 개인화' 정도는 돼야 진짜 일이라고 할 수 있죠. '대상자'들이, 뭐랄까, 옷을 잘못 입고 있거나 소지품을 잃어버린 경우에는 그 과정이 녹록지 않거든요.

때문에 적어도, 여기에서만은, 세계화에 감사하고 있습니다. 예를 들어 중국제 티셔츠라고 해도 얼마든지 유럽이나 미국, 여타 등지에서 똑같은 티셔츠를 구할 수 있으니까요. 전자 기기나 보석류도 마찬가지예요. 저희는 특별한 아이템도 구할 수 있는 보석상들을 확보해 놓고 있어요. 소위 '세상에 단 하나뿐인' 제품을 우리가 얼마나 많이 찾아냈는지 알고 나면 아마 깜짝 놀라실 겁니다.

아이들 장난감을 담당하는 전문가들도 있는데, 아시겠지만, 장난감을 만드는 게 문제가 아니라 똑같이 변형시키려고 손을 보는 전문가들이죠. 아이들처럼 자기 장난감에 대해 속속들이 아는 사람은 없잖아요. 눈 하나가 없는 테디 베어가 있는가 하면 피겨 같은 경우에는 한쪽에 검정색 부츠를 신고 다른 쪽에는 갈색 부츠를 신고 있기도 하니까요. 우리 전문가는 룬드에 창고가 있는 여자예요. 직접 내 눈으로 봤답니다. 엄청나게 커다란 구식 비행기 격납고였는데 특이한 장난감 부품들이 산더미만큼 쌓여 있었죠. 인형 머리빗이랑 액션맨 총 같은 것들 말이에요. 수백 개, 아니 수천 개씩 쌓여 있더군요. 학교 다닐 때 아우슈비츠에 갔던 일이 떠올랐습니다. 안경이랑 어린아이 신발이 언덕을 이루고 있는 것을 본 적이 있거든요. 그 여자가 어떻게 그걸 다 모았는지 모르겠어요. 잉빌데 그 여자. 의욕이 넘치는 사람인 것 같아요.

한 번은 '특이한 1페니 동전'이 필요했어요. 요구사항이 좀 까다로운 고객이었죠. 할리우드에서 '연예 기획사' 같은 걸 하는 사람이었는데 (법적인 이유로 이름을 밝힐 수 없음) 씨 같은 고인이 된 스타들의 매니저였죠. 그 사람이 편지에 쓰기를, 전에 아들을 데리고 '트래블 타운'이라는 곳에 갔었다고 했죠. 로스엔젤레스에 있는 건데 기차 박물관 같은 거죠. 오후 내내 그렇게 아들과 함께 시간을 보낸 건 처음이었대요. 트래블 타운에 1페니를 넣어 작동하는 기계가 있었던 모양이에요. 돈을 넣으면 손잡이가 달린 판금기계가 돌아가면서 특별한 메달모양 펜던트를 만들어주는 것이었습니다. 그 고객의 편지에는 피신하던 날, 아들이 그걸 두고 갈 수 없다고 했다더군요. 신발끈에 꿰어 목에 걸겠노라고 아빠에게 구멍을 하나 뚫어달라고 할 정도였죠. 편지 내용의 반은 그 1페니짜리 동전의 생김새에 대한 묘사였어요. 생김새뿐만 아니라 색깔, 낡은 정도, 두께, 심지어는 구멍을 뚫은 위치까지도요.

전 절대 그 비슷한 것을 못 찾을 거라는 걸 알고 있었습니다. 잉빌데도 마찬가지였고요. 그런데 그 여자가 어떻게 했는지 아세요? 완전히 똑같은 걸 만들어냈답니다. 인터넷으로 그 회사의 기록을 찾아서 현지 기계공에게 디자인 복사본을 넘겼죠. 소금, 산소, 인공광을 완벽하게 조합해서 그걸 부식시켰는데 화학 박사가 따로 없더군요. 압권인 건 그 여자가 1980년대 이전에 생산된 페니를 썼단 점이에요. 이후에는 미국 정부가 동전에 구리를 쓰지 않았죠. 아시다시피 그걸 납작하게 찌그러뜨리면 안에 있는 금속이 보이잖아요……. 이런 죄송합니다. 별로 안 궁금하실 텐데 제가 말이 많았네요. 그저 우리가 여기서 하는 일에 얼마나 헌신적으로 임하는지를 말씀드리고 싶었습니다. 그건 그렇고, 잉빌데는 최저 임금을 받고 일하고 있지요. 저처럼 '가진 자의 죄책감' 때문에요.

우리는 '아프리카 여왕'의 가장 깊은 곳인 F 갑판까지 내려왔다. 다른 갑판과 마찬가지로 전등이 밝혀져 있었고 전구는 전쟁 전의 태양처럼 환하게 빛나고 있었다. 키에스테드가 설명을 시작했다.

저희는 태양광을 재현하려고 합니다. 구획실마다 음향과 냄새가 고객에 따라서 특별히 맞춤 설치되어 있지요. 대개는 솔잎 내음이나 새들이 지저귀는 소리라서 평화롭긴 하지만 개인적인 취향에 달렸죠. 중국 본토에서 온 남자가 있었습니다. 시험 삼아 왔었죠. 중국 정부에서 이게 효과가 있는지 보려고 사람을 보냈었거든요. 충칭에서 온 남자였는데 교통 체증 소리와 공장 매연 냄새를 요구했습니다. 실제로 저희 팀들이 특정한 중국 브랜드의 자동차와 트럭 소리가 나는 음향 파일을 만들고 석탄과 유황, 납이 녹아 있는 휘발유로 만든 유독한 혼합물을 섞었죠.

성공적이었습니다. 그 1페니짜리 동전처럼 말이에요. 성공해야만 했죠. 성공 못 할 거면 저희들이 왜 그런 짓을 하겠어요? 저희는 그저 시간과 돈을 있는 대로 낭비하려는 게 아니에요. 저희 직원들이 분별 있는 사람들이기 때문에 그러는 겁니다. 전 세계가 피를 흘리면서 잊으려고 애쓰는 걸 왜 굳이 끈질기게 되살려 내려고 하냐고요? 그게 효과가 있으니까요. 저희가 그렇게 함으로써 사람들을 도우니까요. 저희는 회사 이름 그대로의 장소를 사람들에게 제공합니다. 성공률도 74퍼센트에 육박하지요. 저희 고객들 대다수는 자신들이 겪은 비극을 딛고 일어서기 위해서 외견적으로나마 삶을 재건할 수 있게 됩니다. 그러면 흡사 어느 정도 '정리' 한 것처럼 보이죠. 당신이 여기까지 와서 저 같은 사람들을 찾는 것도 그 이유밖에 또 뭐가 있겠습니까. 여기야말로 '가진 자의 죄책감'을 해소할 수 있는 최적의 장소죠.

우리는 마지막 선실로 들어섰다. 키에스테드가 열쇠를 꺼내들더니 내 쪽으로 돌아섰다.

　　전쟁이 일어나기 전에는 '부유하다'는 말이 물질적인 재산을 뜻했지요. 돈이나 물건이요. 저희 부모님들은 둘 다 없었죠. 덴마크 같은 사회주의 국가에서 사는 것치고도 가진 것이 없었어요. 제 친구 중 한 명이 부자였는데 항상 뭐든 자기가 돈을 냈죠. 제가 한 번도 그렇게 해 달라고 부탁한 적이 없는데도 말입니다. 자기가 가진 부 때문에 항상 죄책감을 느끼고 있었던 거죠. 실제로 언젠가 제게 그런 말을 하기도 했고요. 자기가 그렇게 많이 가지고 있다는 것이 얼마나 '불공평한'지에 대해서 말입니다. '불공평하다'고 하더군요. (그를 만난 이후 처음으로 그의 얼굴에서 미소가 사라졌다.) 저는 제 가족 중 한 사람도 잃어버리지 않았어요. 정말이에요. 우리 가족은 **모두** 살아남았거든요. 당신네 미국인 식으로 '머리를 좀 굴렸'더니 무슨 일이 일어날지 알겠더군요. 살아남는 데 필요한 도구들을 사고 공황이 터지기 여섯 달 전에 가족들을 스발바드(스발바드 제도. 노르웨이령으로 북해 입구에 있는 군도 — 옮긴이)로 데리고 가려고 집을 팔아 치웠을 만큼 잘 알고 있었죠. 아내, 아들, 두 딸과 남동생네 식구들까지 다들 무사합니다. 손자들도 셋이고 조카딸과 조카들도 다섯이나 되죠. 지난달에는 그 가진 게 '넘쳤던' 친구에게 식사를 대접했어요. 사람들은 내가 '가진 자의 죄책감'에 그러는 거라고 하더군요. 이제는 삶 자체가 부의 척도가 되었으니까요. 아마도 '가진 자의 수치'라고 부르는 것이 맞을 겁니다. 어떤 이유에선지 우리 같은 사람들은 어지간해선 그 이야기를 꺼리거든요. 심지어 우리끼리 있을 때도 말이죠.

잉빌데를 만나러 가게에 찾아간 적이 있었어요. 그 여자 책상 위에는 항상 사진이 하나 놓여 있었는데, 누가 들어가면 안 보이는 쪽으로 방향을 돌려놓았기 때문에 무슨 사진인지는 몰랐어요. 제가 노크를 안 하고 들어갔더니 좀 놀랜 모양이더군요. 누가 들어오는지 보지도 않고 바로 그 액자를 책상 위에 엎어버렸습니다. 본능적이었죠. 죄책감. 수치심인 거죠. 누구 사진인지는 물어보지 않았어요.

우리는 마지막 격리실 앞에 멈춰 섰다. 출입문 바로 옆의 격벽에 클립보드 하나가 붙어 있었는데 다른 양식의 법적 권리 포기 각서가 끼워져 있었다. 키에스테드가 그걸 살펴보더니 난처한 눈길로 나를 바라보았다.

죄송하게 됐습니다. 벌써 하나를 쓰신 줄은 알지만 EU 시민이 아니기 때문에 규정상 다른 양식을 다시 읽고 한 번 더 각서에 서명을 하셔야 되네요. 이걸 다시 읽는 게 여간 성가신 일이 아니라서 제 소관이라면 그냥 서명하시도록 하겠습니다만…….

그가 천장 쪽에 달려 있는 감시 카메라 쪽으로 힐긋 눈짓을 했다. 나는 각서를 읽는 시늉을 했고 키에스테드가 한숨을 쉬었다.

지금 우리가 하는 일을 도무지 이해하지 못할 사람들이 많을 거라는 걸 압니다. 도덕적이지 못하다고 비난할 수도 있고, 아무리 잘 봐줘도 낭비라는 생각은 안 할 수가 없겠죠. 이해합니다. 그 사람들한테는 모르는게 약이니까요. 그 덕분에 스스로를 보호하고 살아갈 수 있는 것 아니겠습니까. 모르기 때문에 계속해서 살아 나갈 수 있고, 신체적으로나 정신적으로 재건할 수 있게 되겠지요. 그래야 어느 날 갑자기 실종되었던 사람이 현관에 들어설 때를 대비할 수 있을 테니까요. 그들에게는 불확실한 상태가 희망입니다. 그리고 때론 이런 정리가 그 희망을 앗아가기도 하죠.

하지만 그들과 다른 유형의 생존자들, 불확실한 상태에

꼼짝없이 묶여버린 사람들은 어떻습니까? 폐허 속과 공동 묘지를, 끝날 줄 모르는 목록과 리스트 속을 끝없이 찾아 헤매고 있잖아요. 희망보다 진실을 택했지만, 그 진실을 증명할 실체가 없이는 앞으로 나아가지 못하는 사람들 말입니다. 맞아요. 우리가 그들에게 진실을 깨우쳐주지는 않죠. 그건 그들도 마음속으로는 다 알고 있습니다. 알고 있지만 믿고 싶기 때문에 그러는 거죠. 공허함을 응시하다가 어느 순간 그 속에서 희망을 찾게 되는 사람들처럼요.

내가 각서의 마지막 페이지에 서명을 마치자 키에스테드가 키카드를 꺼냈다.

그건 그렇고 부수적으로 우리의 도움을 필요로 하는 사람들의 기본적인 심리 프로파일을 그럭저럭 종합해 봤습니다. 대개 공격적인 본성을 내재하고 있는 경향이 나타났죠. 적극적이고 결단력도 있고 운명을 개척하는 데 익숙한 성향을 가진 사람들입니다. (그가 내게 곁눈질을 했다.) 아주 일반화해서 말하면 그렇다는 겁니다. 당연히. 그들 중 대다수는 스스로 마음을 다스릴 수 없다는 것 자체에 대해서 끔찍하게 생각했겠죠. 그래서 이 과정은 자기 통제를 포기하고 자신의 상태를 있는 그대로 받아들이는 과정인 동시에 자기 통제력을 되찾는 과정이기도 한 거죠.

키에스테드가 카드를 넣어 긁자 잠금 장치의 빨간 등이 녹색 등으로 바뀌며 문이 열렸다. 격리실에서는 샐비어와 유칼립투스 내음이 났다. 격벽에 내장된 스피커에서 파도소리가 반향을 일으키며 메아리를 만들고 있었다. 나는 내 앞에 있는 '대상자'를 바라보았다. 그것도 나를 마주 바라보았다. 그것이 내게 오려는 듯 족쇄를 당겼다. 턱이 크게 벌어지면서 신음소리를 냈다.

내가 눈앞에 있는 '것'을 얼마나 오랫동안 바라보고 있었는지 모르겠다. 한참 만에 키에스테드를 돌아본 나는 승인의 의미로 고개를 끄덕였다. 그러자 그는 얼굴에 미소를 띠며 화답했다.
그 덴마크 출신 정신과 의사는 뒤쪽 격벽에 달려 있던 잠금장치가 된 캐비닛 쪽으로 걸어갔다.

본인 것을 안 가지고 오셨더군요.

나는 고개를 가로 저었다.

캐비닛 쪽으로 갔던 키에스테드가 작은 자동 권총을 가지고 되돌아오더니 그것을 내 손에 쥐여주었다. 그는 약실에 탄환이 단 한 발 들어 있는 것을 확인하고는 뒤로 물러서 격리실을 나갔다. 내 뒤에 있던 출입구가 닫혔다.

나는 '대상자'의 이마 한가운데에 레이저를 조준했다. 그것이 거친 소리를 내며 물어뜯을 기세로 내게 덤벼들었다. 나는 방아쇠를 당겼다.

스티브와
프레드

"저것들은 너무 많잖아!"

나오미는 오토바이가 급정거할 때 타이어에서 나는 소리와 완벽하게 똑같은 새된 소리로 악을 썼다.

그들은 수목 한계선 바로 근처에서 멈춰 섰다. 뷰엘(오토바이의 메이커 — 옮긴이)의 엔진이 두 사람의 다리 사이에서 부릉 부릉 울어댔다. 스티브는 눈을 가늘게 뜨고 외벽을 살폈다. 그가 보기엔 좀비들보단 연구실의 입구가 가로막혀 있는 상황이 더 문제인 것 같았다. 험비(군용 지프의 일종 — 옮긴이) 하나가 불탄 트랙터로 보이는 커다란 차체와 함께 충돌해 나뒹굴고 있었다. 트랙터에 실려 있던 트레일러는 계속 직진을 했을 테고 뒤집어지면서 두 차체 모두를 뭉개버렸을 것이다. 화재로 알루미늄층이 녹은 곳에는 얼음이 언 것처럼 보이는 알루미늄 웅덩이가 밝게 빛나고 있었다.

"저쪽으로는 들어갈 수가 없어"

스티브가 어깨너머로 나오미를 넘겨다보며 말했다.

"업무용 출입구를 써야겠는데."

신경과학자인 그녀는 고개를 갸웃거렸다.

"그런 게 있었어?"

스티브는 피식 웃음이 터져나왔다. 나오미도 이렇게 바보 같은 구석이 있다니. 스티브는 손가락에 침을 묻히더니 연극적인 몸짓을 섞어 허공에 갖다 댔다.

"어디 찾아보자고."

연구실은 완벽하게 놈들에게 둘러싸여 있었다. 그는 진작에 예상하고 있었다. 육각형의 외벽 둘레를 손으로 더듬으며 발을 끄는 놈들이 몇 백은 붙어 있을 거라고 말이다.

"다른 통로는 안 보이는데!"

나오미가 으르렁대는 오토바이보다 큰 소리로 외쳤다.

"통로를 찾고 있는 게 아니야!"

스티브도 소리쳤다.

"저기다!"

산송장들이 한쪽 벽에 무리지어 모여서 있었다. 벽의 맞은편에 뭔가가 있는 모양이었다. 살아있는 생존자이거나 다친 동물이겠지. 그게 뭔지 알 수 없었지만 굳이 알 필요도 없었다. 그게 뭐였든지 저 악취나는 놈들을 유인할 정도로 맛있는 것이었겠지. 놈들이 맨 콘크리트에 대고 서로를 뭉개버릴만큼. 그렇게 밀어대는 통에 놈들의 괴사한 피부들이 압착되어 딱딱한 덩어리째 붙어버렸던 모양이었다. 그 덩어리가 얕은 경사를 이루면서 지칠 줄 모르고 움직이는 악취 덩어리 놈들은 말 그대로 걸어서 벽을 넘고 있었다.

'경사로 오르기'를 한 지는 적어도 몇 시간이 지난 것 같았다. 원래 있던 먹잇감은 게걸스레 먹어치운 지 오래였고 몇몇의 아귀들이 시체로 만든 경사로에 기어오르거나 걸려 넘어지며 잔류하고 있었다. 경사로가 된 놈들은 일부 팔을 휘젓거나 턱을 딱딱거리는 등 여전히 움직이고 있었다. 스티브는 놈들에게 크게 개의치 않았다. 그 놈들보다 아직도 그 놈들을 밟고 어슬렁거리며 돌아다니는 것들이 더 거슬렸다.

'몇 놈뿐이니까. 문제 될 거 없겠지.'

그는 미세하게 고개를 끄덕였다.

스티브가 오토바이를 경사로 쪽으로 향할 때만 해도 나오미는 별 반응이 없었다. 그가 엔진에 시동을 걸고 나서야 그녀는 목적지를 뚫어지게 바라보았다.

"당신 지금……."

그녀가 뭐라고 말을 하려고 했다.

"다른 길은 없어."

"'미친' 짓이야!"

그녀는 뷰엘에서 내리려는 듯 그의 허리에 매달렸던 팔을 풀면서 비명을 질렀다.

스티브의 왼손이 반사적으로 그녀의 손목을 잡고 자신의 몸 쪽으로 당겼다. 공포에 질린 여자의 눈을 돌아보며 그가 특유의 미소를 입가에 살짝 띠었다.

"나만 믿어."

휘둥그레진 눈에 사색이 된 얼굴로 고개를 끄덕인 나오미는 있는 힘껏 그의 등을 안는 수밖에 도리가 없었다. 스티브는 미소를 띤 얼굴로 경사로 쪽을 바라보았다.

'좋아, 이 마대자루 무덤아, 내가 간다!'

뷰엘은 라이플 총으로 쏜 한센 탄환처럼 휘몰아치는 바람 속을 향해 달렸다. 500미터…… 400미터…… 300미터……. 그제야 램프 근처에 있던 좀비들 일부가 그들을 발견했다. 놈들은 돌진해 오는 오토바이 쪽으로 몸을 돌려 어슬렁거리며 걸어왔다. 200미터…… 100미터……. 놈들은 적은 수였지만 빽빽하게 떼로 모여 무리를 이루더니 경사로를 막아섰다.

스티브는 전혀 동요하지 않고 헤진 가죽집에서 M4를 꺼내 들었다. 그는 흔들림 없이 정면을 응시하면서 총의 장전 손잡이를 입에 물었다. 그의 전투기가 팔루자 외곽에 떨어졌던 날 밤, 딱 한 번 그렇게 총을 쏘아본 적이 있었다. 당시에 추락하면서 부딪혀 한쪽 팔과 양 다리가 부러졌지만 '전사의 기상'만은 굳건했다. 그는 자동 카빈 소총의 방아쇠를 이로 당겼었다. 그때도 됐는데 지금은 안 되란 법이 있나. 혹시나 하는 불안감이 있었지만 보란 듯이 첫 번째 총알이 딸각하고 약실에 장전되는 소리가 들렸다.

조준할 시간이 없었다. 닥치는 대로 쐈다.

"탕!"

제일 가까이 있던 놈의 왼쪽 눈이 날아갔다. 놈의 뒤통수가 터지면서 적갈색의 구름이 피어올랐다. 시간적 여유가 있었다면 스티브는 자신의 사격 솜씨에 대해서 나름 자평을 했을 것이다.

"탕! 탕!"

두 놈을 더 맞혔다. 놈들은 줄이 끊어진 꼭두각시처럼 맥없이 쓰러졌다. 이번에는 그의 얼굴에 미소가 번졌다.

'실력은 여전한데.'

경사로로 가는 방향이 제법 정리가 되고 있었지만 눈을 뜰 수 없을 정도로 맹렬히 질주하는 오토바이의 속도에 맞춰 길이 뚫릴까?

"이런 세상에!"

나오미가 소리쳤다.

경사로까지 거의 오토바이 여섯 대 정도의 거리를 남겨두고 스티브가 M4의 방아쇠를 당겼다. 완전 자동식 발포가 일어나면서 구리로 도금된 지옥행 티켓이 흩뿌려졌다.

'악마한테 가서 내 인사나 전해라. 아니면 내 전처한테나, 누구든 먼저 만나면 말이야.'

스티브는 속으로 외쳤다.

마지막으로 남아 있던 좀비가 탕 소리에 맞춰 으스러졌고 놈을 처리하느라 카빈 소총의 실탄도 바닥이 났다. 그들은 146마력의 번개 같은 속도로 경사로를 향해 달리고 있었다. 뷰엘의 타이어가 경사로의 썩고 악취 나는 표면을 찢어발기면서 스티브와 나오미는 펜스 위를 완벽하게 날아올랐다.

"끼야아아호오!"

스티브가 소리쳤다. 찰나였지만 찢어지는 소음과 함께 이라크 사막 위를 비행하던 시절로 되돌아간 기분이었다. 별이 번쩍이는 폭풍 속에서 저승 같은 포화를 퍼부어대던 시절로. 하지만 오토바이는 AV-8 점프 제트기와는 달리 공중에 뜨면 조종할 수가 없었다.

뷰엘의 앞 타이어가 주차장의 아스팔트에 내리꽂히면서 사람 시체가 만들어 놓은 웅덩이를 밟고 미끄러졌다. 그 충격으로 두 사람은 커스텀 가죽 안장에서 튕겨나갔다. 스티브는 바닥에 처박히고 구르더니 완파된 프리우스 자동차의 앞바퀴에 쾅 하고 부딪혔다. 그 하이브리드 차의 열린 운전석에는 얼굴도 팔도 없는 운전자가 앉아서 그를 내려다보고 있었다.

'무려 *지구를 지키는* 차라더니 주인은 못 지켰나 보군.'

스티브는 벌떡 일어섰다. 나오미가 몇 미터 떨어진 곳에 쓰러져 있는 것이 보였다. 그녀는 엎드린 채로 꿈쩍도 하지 않고 있었다.

'젠장.'

오토바이도 저쪽 반대편에 나동그라져 있었다. 둘 중 어느 쪽이든 살아있는지 어떤지 알 길이 없었다.

신음 소리와 함께 악취가 확 끼쳤다. 이제 막 한 무리의 좀비가 터덜터덜 그들을 향해 다가오고 있는 것이 보였다.

'M4는 대체 어디 있는 거야?'

바닥에 부딪힐 때 총을 놓친 느낌이 들면서 뭔가 쓸려가며 딱딱한 아스팔트를 가로지르는 소리를 냈던 것 같다. 아마도 차 밑으로 들어갔을 것이다. 하지만 어느 차에 있을 줄 알고? 주차장에 서 있는 차만 해도 족히 수백 대는 되었다. 그 말은 수백 명의 차 주인이 좀비가 되어서 주차장을 서성대고 있다는 뜻이기도 했다. 어쨌든 지금은 그걸 걱정할 때도 총을 찾고 있을 때도 아니었다. 눈앞에서 스무 명은 족히 넘는 아귀들이 꿈쩍도 않는 나오미의 몸을 향해 느릿느릿 다가가고 있었다.

그는 재킷 주머니에 있던 9mm 권총에 손을 뻗었다.

'아니야.'

그는 멈칫했다. M4가 망가졌거나 아예 잃어버린 거라면, 이 9mm 글록 권총밖에는 탄도 무기가 남아 있지 않은 셈이었다.

'그런 이유도 있지만……'

그는 손가락을 등 뒤로 뻗어 상어 가죽으로 된 익숙한 칼자루 쪽으로 가져갔다.

'무사시에게도 기회를 줘야지.'

"치이잉!"

근 60센티미터 길이의 닌자도 칼날이 한낮의 태양 빛에 번뜩였다. 오키나와에서 야마모토 선생에게 그 칼을 받았을 때처럼 밝고 맑은 날이었다.

"그 칼은 무사시라고 하네."

그 노인은 덧붙여 말했다.

"무사의 정신이라는 뜻이지. 일단 뽑으면, 오직 피만이 그 목마름을 해소할 수 있네."

그렇다면야, 저 구역질나는 것들의 혈관에 흐르는 시럽도 피로 쳐주길 바라야겠군.

좀비 하나가 칼날에 반사되어 비쳤다. 스티브는 뒤로 돌아서면서 놈의 목 아래를 깨끗하게 베어냈다. 뼈와 근육이 감쪽같이 잘려나갔다. 막 달려들어 물어뜯을 기세였던 놈의 머리는 불탄 미니밴 아래로 굴러 떨어졌다.

'자세는 안정되게 중심을 잡는다.'

다른 좀비가 스티브의 옷깃을 잡으려고 그의 목을 향해 손을 뻗었다. 그는 놈의 오른팔 아래로 몸을 숙여 몸의 등 뒤로 피했다. 또 머리 하나가 바닥을 굴렀다.

'호흡에 맞추어 공격한다.'

세 번째 놈의 왼쪽 눈에 무사시의 칼날이 꽂혔다.

'날쌔게 피하고 받아친다.'

네 번째 놈은 머리통 윗부분이 날아갔다. 어느새 스티브는 나오미에게서 불과 몇 발짝 떨어진 곳에 서 있었다.

'안정과 중심!'

썩은내가 진동하는 다섯 번째 놈의 두개골이 반으로 쪼개졌다.

"스티브."

나오미가 고개를 들었다. 힘없는 목소리에 눈은 초점이 풀려 있었다. 그녀는 살아있었다.

"내가 구해줄게, 자기."

스티브는 두 사람을 가로막고 구부정하게 서 있는 아귀의 귀에다가 무사시의 칼날을 쑤셔 넣는 동시에 그녀를 홱 잡아당겨 일으켰다. M4를 찾으려던 생각이 떠올랐지만 그럴 여유가 없었다.

'거기 도착하면 많이 있을 테니까.'

"어서!"

스티브는 주변을 잠식해 오고 있는 놈들의 무리에서 그녀를 빼낸 다음 뒤집힌 뷰엘 쪽으로 함께 달렸다. 여전히 웅웅거리고 있는 엔진의 진동이 발밑에서부터 느껴졌지만 그는 그리 놀라지 않았다.

'역시 미국산이라니까!'

그때 다시 한 번 웅웅거리는 소리가 들렸다. 희미하고 약했던 소리가 점차 크게 들렸다. 스티브는 고개를 젖히고 연기로 가득 찬 하늘을 보았다. 거기에 진홍빛 태양을 배경으로 작고 검은 반점 무리가 그들을 여기에서 빼내주러 오고 있는 모습이 보였다.

"택시 불렀어?"

스티브가 미소 띤 얼굴로 나오미를 보며 말했다. 아주 잠깐 동안이었지만 그 예쁜 범생이 아가씨가 마주보며 웃었다.

그들은 연구소의 열린 이중문에서 고작 100미터 떨어진 곳에 서 있었다. 그곳에는 아무것도 문제될 게 없었다. 네 개 층의 계단이 보였다. 스티브는 오토바이를 가볍게 다독였다. 그것도, 아무 문제가 없었다.

"우린 저기 헬리콥터 착륙장에 가기만 하면……."

스티브의 목소리가 잦아들었다. 그는 누군가를 뚫어지게 바라보고 있었다. 아니, '무언가'를. 뭉개진 SUV 뒤에서 아귀 하나가 발을 질질 끌며 그들에게 다가오고 있었다. 키가 작았고 걷는 것 치고 느리게 움직였다. 두 사람은 먼지를 날리며 그냥 그 자리를 뜰 수도 있었을 것이다. 하지만 스티브는 떠날 생각이 없었다. 아직은.

"엔진 좀 계속 돌리고 있어."

나오미는 이번만큼은 그에게 따져 묻지 않았다.

썩어 들어간 피부와 말라붙은 피, 생기가 없는 허여멀건

눈동자에도 불구하고 그녀 또한 테어도르 슐로츠만을 알아볼 수 있었다.

"가봐." 그녀가 한 말은 그뿐이었다.

스티브는 오토바이에서 내려 천천히 걸어갔다. 그들에게 접근하고 있는 식인귀에게로 자연스럽게 다가갔다.

"이봐, 의사양반." 그가 나직이 말했다.

스티브의 목소리에서 죽을 만큼 차가운 북극의 한기가 느껴졌다.

"아직도 철없는 자식들한테 시달리는 어머니 지구를 구하고 있는 거요?"

슐로츠만의 아래턱이 서서히 벌어졌다. 피로 얼룩지고 부러진 이에 사람의 썩은 살덩어리가 박혀 있었다.

"후우우우우우우아아아아아."

왕년의 노벨상 수상자가 거친 소리를 냈다. 피 칠갑이 된 두 손이 스티브의 목을 향해 다가왔다. 해병인 그는 놈의 손이 목에 거의 닿을 때까지 그대로 내버려두었다.

"당신이 늘 그렇게 말했잖소," 그가 능글맞게 웃었다. "팔은 포옹하라고 있는 거라고."

그러고는 무사시를 의장대의 라이플총처럼 휘두르더니 슐로츠만의 손가락을 썰어버렸다. 그 다음에는 양 손을, 이어서 팔을, 그런 후에는 공중으로 뛰어오르더니 그 고기후학자의 머리를 돌려 차 부숴버렸다.

한때 '진화의 더없는 업적'이라는 찬사를 받던 뇌는 산산이 깨진 두개골 밖으로 터져 나왔다. 아직 온전한 상태였다. 빙글빙글 돌면서 뷰엘 쪽으로 날아가더니 앞 타이어의 발치에 철퍼덕하고 떨어졌다.

'터치 다운.'

해병은 그의 암살용 단검을 칼집에 꽂고 나오미에게로 천천히 걸어 돌아갔다.

"이제 다 된 거지?" 그녀가 물었다.

스티브는 블랙호크 헬기가 다가오는 것을 올려다보았다. 그들이 착륙장에 도착하기까지는 5분 정도 걸릴 것이다.

'제 때 왔군.'

"쓰레기는 처리하고 가야 하잖아."

그는 그녀를 쳐다보지도 않고 대답했다.

엔진을 고속으로 돌리자 나오미의 팔이 그의 허리를 세게 감쌌다.

"아까 저기서 말이야," 그녀는 그가 자신을 구해주었던 장소 쪽으로 머리를 젖혔다. "나보고 '자기'라고 했어?"

스티브는 무슨 소린지 모르겠다는 의미로 고개를 갸웃거

리더니 그가 유일하게 아는 프랑스어로 말했다.

"무와?(내가?)"

타이어가 회전하면서 테어도르 에밀 슐로츠만 교수의 뇌가 잘 익은 토마토마냥 흩뿌려졌다. 스티브는 만족스러운 미소를 띠었고 오토바이가 쏜살같이 달려 향한 곳은……

* * *

프레드는 책을 덮었다. 벌써 몇 페이지 전에 이미 책을 덮었어야 했다. 안구 깊은 곳에서 느껴지던 통증이 이제는 이마와 목까지 번져 있었다. 지속적인 두통이었지만 대체로 무시할 수 있을 정도였다. 대개 그냥 둔하게 맥박이 느껴질 뿐이었다. 그것도 지난 며칠간은 점점 누그러지고 있었다.

그는 등을 대고 똑바로 누웠다. 등의 피부가 매끈한 화강암 바닥에 들러붙었다.

원래는 그의 티셔츠였던 딱딱하고 기름진 걸레로 머리를 받치고 천장 한가운데에 집중하려고 애썼다. 머리 위에 달린 조명기구는 마치 켜져 있는 것처럼 보였다. 오후 이맘때쯤이면, 작은 창문을 통해 들어온 햇빛이 전구에 달린 반구형의 프리즘 유리를 통과해서 수십 개의 무지갯빛 광채가 크림색

벽지를 아름답게 수놓았다. 지금이야말로 단연코 그가 하루 중 가장 좋아하는 때였다. 처음 이곳에 갇혔을 때만해도 전혀 알지 못했던 것들이다.

'여길 나가면 이것 하나만은 정말 그리워지겠지.'

그 순간이 지나갔다. 태양이 움직인 것이다.

그럴 걸 예상하고 좀 더 계산적으로 생각했어야 했다. 몇 시에 그 순간이 시작되는지 알고 있었다면 그 때까지만 책을 읽었을 것이다. 그랬더라면 이런 극심한 두통을 겪지 않았을 것이다. 시계를 차고 있었어야 했다. 대체 왜 시계를 안 찼던 걸까?

'멍청하긴.'

시간 확인은 휴대폰으로 대신했다. 날짜도, 그뿐인가…… 휴대폰에는 모든 것이 다 들어 있다. 하지만 지금은 휴대폰이 먹통이다. 방전된 지 얼마나 됐더라?

'준비성 한 번 철저하네, 얼간이 같은 놈.'

프레드는 눈을 감았다. 관자놀이를 마사지해 보았다. 그건 좋은 생각이 아니었다. 피부를 위로 밀어 올리는 순간 손톱 끝이 피부에 붙어 있던 딱지를 찢어버렸다. 아픔에 쉿 소리가 절로 났다.

'우라질 멍청이!'

그는 마음을 가라앉히려고 천천히 숨을 내쉬었다.

'기억해…'

그가 갑자기 눈을 떴다. 시선이 벽들을 훑었다.

'백칠십구.' 그는 숫자를 셌다.

'백칠십팔.' 여전히 효과가 있었다.

'백칠십칠.'

주먹질을 했던 자국, 발길질을 했던 자국, 극심한 공포에
빠져서 미친 듯이 이마를 찧었던 자국 하나하나를 세고……
또 세었다.

'백칠십육.'

네가 정신을 놓으면 또 저런 짓을 하게 되는 거야. 다시는
그렇게 하면 안 돼!

매번 시간이 조금씩 더 걸리기는 했지만, 항상 효과가 있
었다. 지난번에는 '사십일'까지 세었다. 이번에는 '삼십구'까
지였다.

'잘했으니 물 좀 마셔야지.'

몸을 일으키는 것이 고통스러웠다. 허리가 아팠다. 무릎도
아팠다. 허벅지와 종아리, 발목도 다소 화끈거렸다. 현기증도
났다. 아침에 스트레칭을 못한 것도 그 때문이었다. 현기증
은 제일 견디기 힘들었다.

첫 번째 시도에서 너무 급하게 몸을 일으키려고 했던 것이 문제였다. 몸을 다시 내려놓는 와중에도 얼굴의 멍이 여전히 욱신거렸다. 이번에는 최대한 천천히 일어나야겠다고 생각했다.

'잘못 생각했잖아, 머저리 같으니.'

프레드는 다시 무릎을 꿇고 앉았다. 그게 더 안전했다. 고개를 오른쪽으로 향한 채였다.

'이 각도에서는 항상 오른쪽으로 고개를 돌려야 해!'

그는 균형을 잡기 위해서 변기 가장자리에 한 손을 댔다. 다른 손은 플라스틱 콜라병을 쥔 채로 물탱크에 담갔다. 물이 차가워 봐야 고작 몇 도 차이였지만 그가 정신이 번쩍 드는 데는 충분했다.

'더 마셔둬야 해. 탈수증 때문만이 아니라 잠들어버릴 때를 대비해서 말이야.'

네 모금. 그는 적당히 마시고 싶었다. 수도시설은 제대로 작동하고 있었다. 아직은. 그래도 현명하게 처신하는 게 좋을 것이다. 그의 입은 건조했다. 입을 닦아보았다. 이번에도 좋은 생각이 아니었다. 온갖 고통이 동시에 밀려왔다. 갈라진 입술과 입천장에서 쓰라림이 느껴졌다. 혹시 남아 있을지 모를 음식물 조각이라도 빼내려고 그랬던지, 무의식적으로 치아 사이를 파대다가 포도상 구균에 감염된 혀끝도 아려왔다.

'픽이나 잘한 짓이다.'

프레드는 넌더리를 내며 고개를 저었다. 아무 생각도 나지 않았다. 그는 눈을 뜨고 있었는데, 그러다가 그날의 최악의 실수를 저질렀다. 고개를 왼쪽으로 돌린 것이다. 바닥까지 닿는 긴 거울이 시야에 들어왔다. 슬퍼 보이는 깡마른 남자가 그와 마주 보고 있었다. 창백한 피부, 텁수룩한 머리칼에 움푹 들어가 퀭한 핏발이 선 눈. 남자는 벌거벗은 채였다. 청소부 유니폼은 이제 몸에 맞지 않았다. 그의 몸은 이제 스스로의 지방을 좀먹으며 살아남고 있었다.

'머저리 자식. 근육은 하나도 없고 비계뿐이잖아.'

'약해빠진 놈.'

바람 빠진 풍선처럼 얼룩덜룩하게 처진 살덩이에 털북숭이 피부가 눌어붙어 있었다.

'한심한 병신 새끼!'

그의 뒤로 반대편 벽에 그가 만든 다른 흔적들이 보였다. 이틀째 되던 날, 가로세로 30센티미터의 창문을 손톱과 이로 어떻게든 넓혀보려던 시도를 그만두기로 했다. 나흘째 되던 날, 마지막으로 배변했었다. 닷새째 날, 더 이상 도와달라고 소리 지르지 않기로 했다. 여드렛날, 영화에서 봤던 청교

도들처럼 가죽 벨트를 먹어보려고 했다. 정말 두꺼운 고급 가죽 벨트였었는데, 그걸 생일 선물로 줬던 사람은…….

'안 돼, 그 생각을 하면.'

열사흘째 날, 구토와 설사가 멈췄다. 대체 그 가죽에 뭐가 들었던 걸까? 열이레째 날, 자위도 못할 정도로 무기력해졌다. 그리고 매일, 울부짖고 애원하는 날들이 계속되었다. 암묵적인 거래를 하느라 신을 불러대거나 질질 짜는 목소리로 그녀의 이름을 불렀는데…….

'안 돼.'

몸을 뻗을 공간이 없었기 때문에 언제나 태아처럼 잔뜩 웅크린 채로 하루가 끝났었다.

'그 여자 생각은 관 둬!'

하지만 그는 그녀, 엄마를 생각했다. 매일, 매순간 생각했다. 꿈속에서, 그리고 꿈과 현실의 중간쯤 되는 무아지경에서도 그녀에게 뭔가 말을 했다.

그녀는 괜찮았다. '괜찮아야만' 했다. 그녀는 자신을 돌보는 법을 알고 있었다. 그리고 아직도 그를 염려하고 있으리라. 그렇지? 그렇기 때문에 아직 그가 집을 떠나 독립하지 않았던 것이다. 그는 그녀가 없으면 안 됐지만, 그녀는 그가 없어도 괜찮았다. 그녀는 괜찮을 것이다. 당연히 괜찮겠지.

그는 어떻게든 그녀를 생각하지 않으려고 했지만, 항상 결국 생각하고 말았다. 물론, 다른 생각들도 반드시 꼬리를 물었다.

'망할 놈! 내가 경고할 때 안 듣더니! 빠져나올 수 있을 때 그만뒀어야지!'

'망할 놈! 이 코딱지만 한 곳에 자진해서 갇히질 않나, 제대로 된 화장실도 아니고, 옷장만 한 변기 칸에 말이야. 오라질 변소 물이나 퍼마셔 대는 꼴이라니!'

'망할 놈! 거울 하나 깰만한 배짱도 없어서 남부끄럽지 않게 진작에 했어야 할 일도 못하는 놈이. 이젠 놈들이 들어와도 염병할 놈의 팔뚝에 힘이 없어 아무것도 못하잖아!'

'망할 놈, 망할 놈!'

"망할 놈!"

그는 크게 소리쳤다.

"젠장!"

쿵 하고 뭔가 문에 부딪히는 소리가 들렸다. 그는 소스라쳐 멀찍이 구석 족으로 몸을 밀착했다. 놈들은 더 많아졌다. 홀을 따라 놈들의 신음소리가 울렸다. 저 아래 길가에서 들리는 소리와 똑같았다.

그가 지난번에 변기 위에 올라서서 내려다 봤을 때, 거리에는 놈들이 바다를 이루고 있었다. 9층 높이에서 본 놈들은 하나의 고체 덩어리처럼 넘실거리고 있었는데 맨눈으로 볼 수 있는 가장 먼 곳까지 이어져 있었다. 이제 이 호텔은 층이면 층마다, 방이면 방마다 놈들로 들끓고 있을 것이다. 첫 주에는 질질 끌며 걷는 소리가 천정을 울렸었다. 첫 날 밤에는 비명소리도 났다.

그나마 놈들이 미닫이 쪽문을 여는 법을 몰라서 다행이었다. 그로서는 운이 좋았다. 만약에 미닫이가 아니라 여닫이 문이었다면, 원목이 아니라 속이 텅 빈 문이었다면, 놈들이 미닫이를 열 수 있을 정도로 머리가 좋았더라면, 욕실 내부의 옆 벽이 아니라 뒤쪽 벽에 변기 칸으로 들어오는 출입구가 있었더라면…….

침실에 있던 놈들이 밀고 들어올수록 욕실에 있던 다른 놈들은 속수무책으로 욕실 뒷벽으로 밀려 옴짝달싹 못했다. 바로 내 쪽으로 밀렸더라면, 놈들의 전체 무게에 수를 생각해 보면…….

그는 안전했다. 놈들은 들어올 수 없었다. 아무리 손톱으로 긁어대고 몸부림을 치며 '끝없이' 신음소리를 내더라도……. 화장실 휴지로 귀를 막는 건 더 이상 소용 없었다.

귓구멍을 막았던 부분은 귀지와 피부 기름이 너무 많이 묻어서 납작해졌다.

휴지를 먹지 말고 좀 더 아껴둘 걸 그랬다.

'그렇게 나쁜 것만도 아닐 거야.'

그는 재차 확신했다.

'구조대가 올 때 헬리콥터 소리를 들을 수 있어야 하니까.'

그렇게 생각하니 한결 나았다. 놈들의 소리가 더 심해지자 프레드는 책을 펼쳤다. 여기로 달려 들어와서 발견한 또 하나의 작은 행운이었다. 여기서 나가게 되면 어쩐지 책의 주인을 찾아야만 할 것 같았다. 그에게 책을 화장실에 놓고 가서 고맙다고 할 생각이었다.

'이봐, 이 책 덕분에 내가 안에 있는 내내 정신이 멀쩡할 수 있었다고!'

그렇게 말할 것이다. 음, 아마 완전히 똑같이 말하지는 않겠지. 그는 벌써 더욱 그럴싸한 말솜씨로 백번은 넘게 연습한 끝에 몇 가지 멋들어진 말을 준비해 놓기까지 했다. 마치 MRE를 몇 개 쟁여놓은 기분이었다. 그건 238쪽에서 나왔던 말이었다. 전투식량 (MRE: 'Meals Ready to Eat'). 정말로 조리용 화합물을 같이 넣어서 포장해 만드는 걸까? 그는 앞으로 돌아가서 그 부분을 다시 읽어 봐야 할 것 같았다. 하지

만 내일이 되어야 한다. 그는 361쪽을 제일 좋아했다. 361쪽
부터 379쪽까지의 내용을.

　점점 어두워지고 있었다. 이번에는 두통이 아주 심해지기
전에 책 읽기를 멈출 것이다. 그러고는 물을 몇 모금 더 마시
고 일찍 잠자리에 들 생각이었다. 프레드는 엄지손가락으로
책의 접힌 페이지를 찾았다.

멸종
행진

우리는 놈들을 반송장이라고 불렀다. 그것들은 우리에겐 농담거리에 지나지 않았다. 놈들은 너무 느렸고, 조심성이 없고, 멍청했다. 너무나도 멍청하기 짝이 없었다. 우리는 한 번도 놈들이 위협적이라고 생각한 적이 없었다. 왜냐고? 놈들은 항상 우리와 함께 살고 있었기 때문이다. 정확히 말하자면 우리 밑에서 살았다고 해야겠지. 놈들은 유사 이래로 산불이 타오르듯 급격히 번성했다. 파눔 코키디(저자의 『좀비 서바이벌 가이드』에 따르면 A.D.121년 칼레도니아의 파눔 코키디에서 있었던 좀비 발생 사태를 뜻한다. 파눔 코키디는 오늘날의 스코틀랜드 — 옮긴이)나 피스쿠르호픈(A.D.1253년 그린란드의 피스쿠르호픈에서 있었던 좀비 발생 사태, 참고 상동 ── 옮긴이) 이야기는 우리도 익히 들어서 알고 있었다. 심지어 우리 종족 중 어떤 녀석은 카스트라 레기나(A.D.156년 게르마니아의 카스트라 레기나에서 있었던 좀비 발생 사태. 카스트라 레기나는 오늘날의 독일 남부, 참고 상동 ── 옮긴이)를 직접 봤다고 떠벌리기도 했지만 다들 그 자를 허풍쟁이 취급했었다.

우리는 수대에 걸쳐 갈팡질팡하는 놈들의 폭주와 동시에 똑같이 갈팡질팡하는 인류의 대응을 목도해 왔다. 그들은 결코 단 한 번도 심각하게 위협이 되었던 적이 없었다. 우리뿐 아니라 놈들이 먹어치운 인간들에게도 말이다. 놈들은 항상 조롱거리였다. 내가 캄풍 라자(말레이시아 북동부 해안 트렝가누 주에 있는 도시 ── 옮긴이)에서 소규모의 좀비 발생 사태가 일어났다는 말을 듣고 웃었던 것도 그 때문이었다. 라일라에게서 이야기를 들은 것은 10년 전, 따뜻하고 조용했던 어느 날 밤이었다.

"이번이 처음이 아니야. 올해만 봐도 그래."

그녀의 목소리는 흔치 않은 자연 현상에 대해서 말하는 것처럼 살짝 도취해 있었다.

"타이와 캄보디아까지 갔을 거라는 이야기가 돌고 있어. 어쩌면 미얀마까지 멀리 갔을지도 모르고."

나는 다시 한 번 웃었다. 그러고는 아마도 인간을 욕하는 말을 했을 것이다. 인간들이 그 난리를 깨끗이 정리하는 데 얼마나 걸릴지 생각해 보고 있었던 것도 같다. 그 이후로 몇 달이 지나도록, 나는 그 일에 대해서 다시 생각해 본 적이 없었다. 소문은 잦아들 기미가 보이지 않았다. 우리는 호주에서 온 앤슨의 방문을 맞아 즐거운 시간을 보내고 있었다. 그가 여기 온 목적은 자기가 '스포츠'라고 부르는 '해외 현지의 맛을 음미할' 기회를 갖기 위해서였다. 우리는 둘 다 앤슨이 매우 매력적이라고 생각했다. 키가 크고 예쁘장한데다가 아주, 아주 젊었다. 그는 전화가 발명되기 전이나 비행기의 초기 모델이 나오기 전의 시절에 대한 기억이 전혀 없었다. 근심이 없어 보이는 그의 눈은 우리가 부러워 마지 않는 활기로 눈부시게 빛났다.

"그것들이 오즈(Oz. 오스트레일리아를 줄여서 간단히 일컫는 말 — 옮긴이)까지 퍼졌대."

그는 어린아이처럼 흥분해서 말했다. 우리는 발코니에 서서 페트로나스 타워 위로 펼쳐지는 하리 메르데카(1957년 8월 31일 영국으로부터의 독립을 축하하는 말레이시아의 독립 기념일 — 옮긴이) 불꽃놀이를 구경하고 있었다.

"굉장하지 않아?"

경탄하는 그를 보고 우리 둘은 불꽃놀이를 두고 한 말이 겠거니 생각했다.

"처음에는 그것들이 수영을 할 수 있을 거라고 생각했거든. 할 수 있잖아, 왜, 제대로 된 수영이라기보단 물속에서 어기적어기적 걸어가는 것 말이야. 그런데 실제로는 그런 식으로 퀸즐랜드까지 간 건 아니더군. 보트를 타고 불법 이민하는 사람들에게 무슨 일이 있었던 거였어. 추잡한 장사꾼들 바닥이라서, 듣기로는, 다 모른척하고 그냥 넘어갔다더라고. 나도 실제로 그것들을 볼 기회가 있었으면 좋겠어! 난 한 번도 말이야, '실제로' 본 적이 없거든."

"오늘 밤에 가보지 뭐!"

라일라가 갑자기 끼어들어 맞장구를 쳤다. 그녀는 어느새 우리 손님의 열정에 전염되어버린 것 같았다. 내가 동트기 전까지 남은 시간을 들먹이며 핑계를 대려고 하자 그녀가 내 말을 가로챘다.

"아니, 거기 말고. 바로 여기 말이야. 오늘 밤에! 듣기로는 몇 시간 더 가면 제란투트(쿠알라룸푸르에서 200킬로미터 떨어진 곳으로 말레이반도에서 가장 큰 파항 주(州)에 속함 — 옮긴이) 근처에 좀비들이 새로 출몰하고 있다고 하던데, 아마도 덤불숲까지는 걸어가야 할 거야. 그래도 그런 게 재미 아니겠어?"

솔직히 나도 구미가 당겼던 것은 인정한다. 몇 달간 무성하던 소문과 평생 동안 들었던 이야기에 낚인 것이다. 지금 고백하듯이 나는 당시에 두 사람에게 그 마음을 털어놓았다. 그들을 정말 '실제로' 한번 보고 싶다고.

일단 우리들 무리가 되고 나면 우리를 뺀 나머지 세상이 얼마나 빨리 변할 수 있는지를 금방 잊게 된다. 엄청난 밀림이 눈 깜짝할 사이에 사라진 그 자리에 도로가 깔리고 주택 단지가 들어서는가 하면 1킬로미터 건너 1킬로미터마다 팜 오일 농장이 생겨났다(인도네시아는 1980년대 말 팜 오일의 경제성이 알려지면서 전국에 팜 오일 농장 붐이 일었다 — 옮긴이). 라일라와 함께 가로등도 없는 신흥 주석 광산 마을이었던 쿠알라룸푸르의 비포장된 거리를 누비던 일이 엊그제 같은데 '진보'와 '개발'은 많은 것을 변화시켰다. 우리가 살던 근거지가 너무나 '문명화되었다'는 이유로 그녀를 따라 싱가포르를 떠난 나였다. 그런데 어느덧 우리는 아스팔트와 인공 햇빛이 강물처럼 넘실대는 곳으로 질주하는 렉서스 LSA를 타고 있었다.

경찰 바리케이드가 있을 거라고는 생각지도 못했지만, 경찰도 우리가 올 줄은 몰랐던 모양이다. 그들은 우리가 어디에 가려고 하는지 묻기는커녕 신분 확인조차도 하지 않았다. 심지어 2인용 차에 세 사람이 구겨 탄 불법 행위도 지적하지 않았다. 그저 손을 흔들며 우리를 통과시켜주었고, 흰 장갑을 낀 손으로 우리가 온 길을 가리키는 한편 다른 손은 허리에 찬 권총집 덮개에 불안하게 올려놓고 있었다. 그에게서 결코 잊을 수 없는 냄새가 났는데 그의 냄새였는지 그의 뒤에 있던 다른 경찰들에게서 난 냄새였는지, 그것도 아니면 그 경찰들 뒤에 있던 한 소대의 군인들에게서 난 냄새였는지 확실하지 않았다. 그처럼 강렬한 공포의 냄새를 감지한 것은 69년 인종 폭동 사건 이후로 처음이었다(인구의 반 이상이 말레이인인 말레이시아에서 전체 인구의 3분의1에 불과한 중국계 주민에게 경제적 실권이 장악되자 원주민의 불만이 커졌다. 그 결과 1969년에 화교와 말레이인 간에 폭동이 발발하여 800명이 넘는 사상자를 냈다 — 옮긴이).

'아, 정말 좋은 시절이었는데.'

라일라의 얼굴에는 우리의 모험을 마치고 난 뒤에 반드시 저 바리케이드로 돌아가야겠다는 굳은 의지가 엿보였다. 그녀도 내 얼굴에서 똑같은 마음을 읽었나 보다.

"조심해." 그녀가 속삭이면서 장난스럽게 한 손가락으로 내 옆구리를 쿡 찔렀다. "취해서 운전하면 위험하니까."

몇 분 지나지 않아 우리는 또 다른 냄새를 감지했다. 도로를 벗어나 나무들을 가로지른 다음 드넓게 펼쳐진 장소로 차를 돌렸을 때였다. 마치 냄새로 만든 벽에 부딪히기라도 한 것처럼 강력한 후각적 충격이 느껴졌다. 인간의 공포심이 썩어가는 살덩어리와 혼합된 냄새였다. 오래지 않아, 먼 곳에서 들리는 총성이 귓전을 때렸다.

그곳은 농장 인부들의 거주를 목적으로 만들어진 동네 같았다. 작고 말쑥한 집들이 길게 열 지어 서 있었고 최근에 길을 닦은 것 같았다. 새로 포장된 거리, 몇몇 상점과 카페테리아들, 정규 학교도 두어 개, 커다란 가톨릭교회가 보였는데 우리나라에서 일하는 필리핀 이주 노동자들에게는 이제 흔한 광경이었다(말레이시아의 국교는 이슬람교이지만 종교의 자유가 보장되어 있어 화교들은 불교, 인도계는 힌두교를 믿는 등 다양한 종교가 혼재한다 — 옮긴이).

나는 이 조립식 거주지에서 가장 높은 곳인 교회 첨탑 꼭대기에 올라가 아래에 펼쳐진 대학살의 현장을 그저 얼빠진 듯 바라보았다. 불길이 가장 먼저 눈에 들어왔고 핏자국들이 보였다. 땅에 난 질질 끌린 자국들이 그 다음으로 나의 시선을 끌었다. 여러 채의 집에 난 총흔도 보였는데, 갱들이 쏘고 달아나기라도 한 것처럼 창문과 문마다 총알 구멍이 나 있었다. 마지막으로 눈에 띈 것은 시체들이었는데 아마도 이미 차갑게 변해버렸기 때문일 것이다. 대부분은 조각이 난 채로 널브러져 있었다. 섞여 있는 팔다리, 몸통 사이로 흘러나와 있는 내장들, 일정한 형체가 없는 살점들이었다. 거의 멀쩡한 상태의 시체들도 있었는데 하나같이 머리 한가운데에 작고 둥근 구멍이 나 있는 것이 보였다. 내가 그들을 가리키며 라일라에게 보여줬더니 그녀는 앤슨과 함께 첨탑 꼭대기에서 내려갔다. 총소리를 냈던 것은 분명 그들일 것이다.

나는 문득 옛 기억에 빠졌다. 대학살이 펼쳐놓은 감각적인 향연이 오래 전의 향수를 불러일으킨 것이다. 잠깐 동안 1950년대 그 시간으로 돌아가, 인간 사냥감을 물색하느라 밀림 사이에 도사리던 때를 떠올렸다. 라일라와 나는 여전히 '비상 사태' 때에 있었던 무용담을 늘어놓곤 했다. 우리가 어떻게 공산 반군과 영연방 특공대의 냄새를 추적하고 사냥했었는지. 숨어서 도사리고 있다가 사냥감들이 겁에 질려 무기를 난사하며 똥을 지릴 때 기습했던 일들, 발작적으로 뛰고 있던 그들의 심장에서 최후의 피 한 방울까지 탐욕스럽게 빨아 마셨던 시절에 대해서 이야기했었다. 우리가 수십 년간 그 시절을 아쉬워할 수 '있었더라면', '비상 사태가 계속되었더라면' 좋았을 텐데.

그런 말을 들은 적이 있다. 추억할 일들이 많아지면 인간의 정신은 의식적인 사고를 할 공간을 더 적게 가지게 된다고. 내 나이에 그렇게나 많은 일생 일대의 기억을 선조들이 물려준 두개골에 꾸역꾸역 집어넣고 있자니, 남들은 어떤지 모르겠지만 나는 이따금 넋이 나가 '몰두'하는 증상에 시달리곤 했었다. 이번에도 그런 일이 일어났다. 나는 과거를 회상하느라 정신 줄을 놓은 채 무의식적으로 입술을 핥으며 사방이 훤히 내려다보이던 첨탑에서 내려왔다. 교회 모퉁이를 도는 순간, 나는 놈들 중 하나와 정면충돌을 하고 말았다. 어떤 남자였다. 확실하게 말하자면 얼마 전까지 남자였던 놈이라고 해야겠지. 몸의 오른쪽 절반은 아직 부드럽고 유연하게 움직였다. 왼쪽은 심하게 타서 숯처럼 변해 있었다. 온몸에 나 있는 숱한 상처에서 시커멓고, 끈적이는 액체가 열기와 함께 흘러나오고 있었다. 왼쪽 팔은 팔꿈치 아래로 잘려 있었다. 기계에 잘린 것처럼 깨끗했는데 아마도 농장 인부들이 수확할 때 사용하는 커다란 칼로 베어버린 것 같았다. 놈은 왼쪽 다리를 약간 끌고 있었다. 걸어온 길 뒤로 얕은 도랑이 생겨날 정도였다. 놈이 앞으로 걷기 시작했고 나는 본능적으로 뒷걸음치며 치명적인 일격을 가할 태세를 취했다.

그 순간, 남자는, 아니 그 놈은 내 예상과 달리 어기적거리며 나를 그냥 지나쳐 갔다. 내 쪽으로 몸을 돌리지도 않았다. 한쪽 눈이 말짱했는데도 나와 눈 한번 마주치지 않았다. 놈의 얼굴 앞에 내 손을 대고 허공에 흔들어보았다. 반응이 없었다. 놈의 옆에 서서 잠시 보조를 맞추어 걸어보았다. 반응이 없었다. 심지어 놈과 바로 정면으로 마주 보고 서 있어보기도 했다. 그 과묵한 괴물 녀석은 멈추기는커녕 두 팔을 뻗지도 않고 내 쪽으로 거침없이 걸어왔다. 나는 예상치 못한 상황에 바닥을 치며 폭소를 터뜨렸다. 그 반송장의 역겨운 진물이 내 몸에 떨어질 만큼 가까웠는데도 놈은 내가 있는 것조차 눈치를 못 채고 있었다!

나는 내가 놈에게서 다른 반응을 끌어내려고 했던 것이 얼마나 멍청한 짓이었는지 나중에 깨닫게 되었다. 그것들이 나를 인지해야 할 이유라도 있던가? 내가 놈들의 먹이라도 되나? 인간의 상식으로 내가 '살아있는' 상태이기라도 하나? 그것들은 그들의 생물학적 명령에 복종할 뿐이고 그 명령 때문에 놈들은 '살아있는' 존재들만 찾아내려고 하는 것이었다. 원시성에 잠식당한 그들의 뇌에는 내가 아예 눈에 보이지 않는 거나 마찬가지였을 것이다. 장애물이라서 무시해 버렸을 수도 있고, 굳이 의미를 찾는다면 그냥 피해 가야 되는 존재이기 때문이다. 나는 그저 그 부조리한 상황에 경탄하면서 애처럼 낄낄댔다. 그 한심한 추물은 엉망으로 망가진 몸을 끌면서 나를 지나쳐 갔다. 몸을 일으켜 선 나는 오른팔을 뻗어 휘둘렀다. 놈의 머리가 맥없이 어깨에서 떨어져 나갔다. 그러고는 맞은편에 있던 건물에 세게 부딪혀 튕겨 내 발치에 와서 멈춰 섰다. 머리에 남아 있던 멀쩡한 눈 하나가 부지런히 움직이며 뭔가를 찾고 있었지만 황당하게도 여전히 나는 무시당하고 있었다. 인간들이 '좀비'라고 부르는 것을 실제로 본 건 그때가 처음이었다.

이후 몇 달간은 '부정의 밤들'이라고 부를 수 있을 것이다. 밤이면 늘 그렇듯이 우리를 둘러싸고 끝없이 켜져만 가는 위협을 애써 외면하는 것이 우리의 일이었다. 우리 종족은 반송장에 대해서는 극도로 말을 아꼈고 생각조차 하지 않으려고 했다. 굳이 새로운 소식거리를 알려고 들지도 않았다. 소문은 무성했다. 인간들 쪽에서 들리는 소식이건 우리들 사이의 소식이건 가리지 않고, 대륙마다 출몰하고 있는 반송장에 대한 이야기들이 넘쳐났다. 반송장들은 지칠 줄 모르는 존재들이었고, 수는 계속 불어만 갔으며, 무엇보다도 정말 질리는 놈들이었다. 우리는 항상 매사에 지겨워했고 그것은 우리가 누리는 조건부 불멸의 대가였다.

"그래, 그래, 나도 파리가 어떤지는 들어서 알고 있어. 그래서 하고 싶은 말이 뭔데?"

"멕시코 시티 일은 나도 당연히 들어 봤지. 그걸 모른다는 게 말이 돼?"

"아 정말, 또 모스크바 이야기야?"

우리가 눈 가리고 아웅 했던 삼 년 동안, 공황은 더 심해졌고 인간들은 계속해서 죽거나 전염되었다.

그리고 4년째 되던 해에, '부정의 밤들'은 아이러니하게도 '영광의 밤들'로 불리게 되었다. 놈들의 출몰에 대한 일반적인 지식이 세계를 휩쓴 것도, 각 국의 정부들이 공식적으로 공황 사태의 정체를 자국민들에게 공식적으로 밝히기 시작한 것도 그때였다. 전 지구적인 조직망이 약화되고 국가 간의 연결망이 차단되면서 국경이 붕괴된 것도 그때였다. 소규모의 전쟁들이 발발하고 대량 폭동이 전 세계에 걸쳐 급속히 번졌다. 그리고 그때, 우리는 고삐 풀린 망아지마냥 자축하면서 노골적으로 희열을 만끽하는 단계에 접어들었다.

수십 년 간, 우리 종족은 언제나 서로 연결되어 있기를 바라는 인간들의 강박적인 시스템에 불만이 많았다. 전보라든가 그 저주받을 전화는 말할 것도 없고 철도와 전기가 우리의 탐욕스러운 본성을 얼마나 압박해 왔던지! 더군다나 점차 테러가 증가하고 원거리 통신이 발달하면서 이제는 모든 벽이 다 유리로 변해버린 것처럼 불안해졌다. 전에 싱가포르를 떠났듯이 이제 라일라와 나는 말레이 반도를 완전히 떠날 생각을 하고 있었다. 어디든 인간의 지식이 만든 빛이 아직 우리가 자유롭게 누빌 어두운 뒷골목을 다 불살라버리지 않은 곳으로 가려 했다. 우리는 사라와크(말레이시아 보르네오 섬의 북서부 해안에 있는 주 ─ 옮긴이)나 아니면 수마트라(인도네시아 서부에 있는 섬 ─ 옮긴이)까지도 의논을 해보았다. 그런데 그 등불이 다행히 희미해지기 시작했기 때문에 이제 우리가 계획했던 대탈출은 필요 없지 않은가 싶었다.

수 년 만에 처음으로, 휴대폰이나 감시 카메라에 대한 두려움 없이 사냥을 할 수 있었다. 떼를 지어 사냥할 수도 있었고, 발버둥치는 먹잇감들을 천천히 음미할 수도 있었다.

"이런 칠흑 같은 밤을 거의 잊고 있었지 뭐야." 암흑 사냥을 즐기던 라일라가 감탄을 쏟아냈다. "아, 혼돈이라는 건 정말 감칠맛 나게 하는데."

우리 종족은 그 밤들을 생각할 때마다 반송장들과 놈들 덕분에 만끽했던 즐거운 사냥에 깊이 감사하게 되었다.

기억에 남는 어느 날 밤이었다. 라일라와 나는 코로네이드 호텔의 발코니들을 오르고 있었다. 아래를 내려다보니 술탄 이스마엘 거리(말레이시아 쿠알라룸푸르의 번화가 — 옮긴이)에서 정부군이 횃불을 붙인 긴 창을 가지고 그네들 쪽으로 다가오고 있는 시체 떼들을 찌르고 있었다. 그렇게나 많은 군대가 집결해서 지지고 볶고 별 짓을 다 해도 반송장들을 퇴치하지 못하고 있는 모습은 흥미진진한 볼거리였다. 한 번은 숭게이 왕 플라자(우리나라의 동대문과 같은 쇼핑센터 — 옮긴이)의 편평한 지붕 쪽으로 거처를 옮겨갈 수밖에 없게 되었는데, 만만치 않은 거리에도 불구하고 공중 투하 폭탄의 충격파에 호텔 창문의 유리가 깨져서 비처럼 몽땅 쏟아져 내렸기 때문이다. 그 결정은 행운을 불러왔다. 플라자의 지붕이 어쩌다 수백 명의 피난민으로 발 디딜 틈이 없어졌기 때문이다. 나는 누군가 비우고 난 음식물 용기들과 빈 물병들을 모았다. 가엾고 불쌍한 사람들이 달라붙을 미끼가 될 만한 것으로. 그들은 씻지도 않은데다가 지쳐 있었고 너무나 매혹적인 공포의 냄새가 났다.

다른 기억은 별로 떠오르지 않는다. 그들을 공격하던 순간들과 달아나는 먹잇감의 뒷모습이 장면 장면 스쳐 지나갈 뿐이다. 여자애 하나가 기억난다. 시골에서 온 아이 같았다. 그 즈음에는 수많은 사람들이 도시로 몰려들고 있었다. 그 애의 부모는 안전한 곳을 찾아 왔다고 믿었겠지? 그 애는 부모가 있긴 했던 걸까? 아이에게서는 근대적인 도시에 살던 인간들이 풍기는 불결한 냄새가 나지 않았다. 호르몬이나 중독성 물질을 먹은 흔적도, 오염에 절은 악취조차도 나지 않았다. 나는 그 소녀의 매력적인 순수함을 취할 기대감을 음미하느라 사냥을 지체했다. 하지만 곧 그렇게 머뭇거렸던 것을 자책하게 되었다. 그 애가 꺅 하는 비명도 한 번 지르지 않고 뛰어내려 버린 것이다. 소녀는 신음소리와 함께 곧장 온몸을 비틀고 있는 무리 속으로 떨어졌다.

반송장들은 마치 느리고 신중하게 작동하는 기계장치처럼 움직였다. 고통스럽게 비명을 지르는 인간 아이를 알아볼 수 없는 걸쭉한 덩어리로 만드는 단 하나의 목적을 가진 기계들이었다. 소녀의 가슴이 최후의 숨을 내뱉던 순간이 기억난다. 나를 올려다보던 두 눈이 알은체하듯 마지막으로 깜빡이더니 넘실대는 손과 이빨의 파도 속으로 사라지고 있었다.

내가 젊었을 때, 어느 나이 많은 서양인 동족에게서 서로마 제국의 몰락을 회상하는 이야기를 들은 적이 있다. 그때 난 그가 제국의 종말이라는 것을 경험했다는 점에 질투가 생겼고 무척 분하게 느꼈다.

"문명의 절반이 불타버렸지." 그는 자랑하듯이 말했었다.
*"대륙의 절반이 무정부 상태의 천 년 속으로 수장되어 버린
거야."* 그가 무법의 유럽 땅에서 사냥하던 이야기를 할 때는
나는 말 그대로 군침을 질질 흘렸다. *"너 같은 아시아인들은
한 번도 누려보지 못한 해방 시절이었지. 그리고 아무래도
다시는 보지 못할 시절이겠지!"*

그 오래지 않은 10년 전, 그때만 해도 그 자의 예언은 너
무나 확고하게 들렸다. 그러나 그 예언은 이제 무너져 형체만
남은 우리 사회처럼 허황한 말이 되었다.

황홀했던 기분이 언제부터 불안감으로 바뀐 것인지는 확
실히 기억이 나지 않는다. 정확한 순간을 되짚어내기란 쉽지
않은 일일 것이다. 개인적으로 나의 경우는 응우옌 때문이었
다. 그는 싱가폴에서 온 나이 많은 친구였는데, 고등 교육을
받은 탓도 있겠지만 원래 똑똑한 것 같았다. 베트남 태생이
었고 프랑스 실존주의 학도가 될 정도로 오랜 시간을 파리
에 머물렀었다. 그가 우리들 종족에게 만연한 종잡을 수 없
는 향락주의에 절대 굴복하지 않는 이유도 아마 그 때문인
것 같았다. 내가 알기에는, 우리의 방만한 태도에 최초로 경
종을 울렸던 것이 그였다.

우리는 페낭(말레이 반도 북서쪽에 위치한 섬 — 옮긴이)에서 만났다. 라일라와 나는 우리 구역 전체를 에워싸며 위협해 오는 햇살 때문에 어쩔 수 없이 쿠알라룸푸르를 떠나야 했었다. 그 즈음에는 그런 식으로 사라진 우리 동지들이 몇몇 있었다. 근래에 들어 우리 생활은 부지불식간에 너무나 편안해졌다. 제약이 물론 있긴 하지만 극도로 편안해진 것은 사실이었다. 우리들 대부분은 튼튼하게 요새화한 거처에 대한 관념을 버린 지 오래였다. 그런 것들은 오래전 우리를 위협하던 횃불과 갈퀴가 사라지면서 운명을 같이했다. 이제 우리도 거의 다 인간들처럼 편안한 곳에서 살게 되었다. 심지어 호화롭고 세련된 건물에서 살기도 했다.

앤슨은 그런 궁궐 같은 건물에서 살았던 이들 중 하나였다. 그는 시드니 항구의 윗동네에 있는 으리으리한 탑에서 거주했다. 우리 종족을 제외한 나머지 세상이 그랬듯이, 그가 있던 도시도 반송장들로 인해 아수라장으로 변해버렸다. 그리고 우리 종족이면 누구나 그렇듯, 그의 입맛도 핏빛 향연을 흥청망청 즐기는 희열의 유혹을 이기지 못했다. 들리는 소문에 따르면, 호주 정부가 반송장을 몰아내기 위해 군대를 동원을 허가한 어느 날 아침, 그는 태평히 잠을 자기 위해 그 고층 요새로 돌아갔더랬다. 그가 잠들어 있던 건물이 어쩌다가 무너졌는지 자세히 아는 이는 아무도 없었다. 빗나간 포탄에 맞았다는 설도 있었고 건물 아래의 시가지에서 터진 폭발 때문에 무너졌다는 설도 있었다. 우리는 가엾은 앤슨이 그 폭발로 가루가 되었거나 떠오르는 아침 햇살에 순식간에 불타버렸기를 바랐다. 수천 톤의 잔해 아래에 눌려 꼼짝 못하고 있는 그의 모습은 생각하고 싶지도 않았다. 그랬더라면 그의 수명이 다할 때까지 바늘로 찌르는 듯한 햇살에 서서히 고문을 당하고 있었을 테니까.

응우옌도 하마터면 비슷한 최후를 맞을 뻔했었다. 그는 인간들이 반송장을 공격한 바로 전날 밤에 운 좋게도 싱가포르를 빠져나왔다. 그날 밤에 조호르 해협(말레이시아 남단 조호르 주와 싱가포르 사이에 있는 해협으로 국경을 이루는 곳 — 옮긴이)을 건너간 그는 300년 이상 고향처럼 살았던 땅이 불타는 광경을 건너편에서 지켜보았다. 뿐만 아니라 그는 도가니 같은 쿠알라룸푸르를 우회해서 인간들이 페낭에 새로 구축한 '안전구역'으로 침착하게 이동했다. 수백만의 피난민들이 몇 백 평방킬로미터의 도시화된 해안지대로 물밀 듯이 몰려왔다. 그들을 따라 우리들도 수십 명씩 흘러들어 갔는데, 다카(방글라데시의 수도 — 옮긴이)만큼 먼 곳에서 온 이들도 있었다. 우리는 가까스로 몇 군데를 지정하여 우리만의 근거지를 '확보'할 수 있었다. 우리는 이전에 살고 있던 인간들을 제거한 뒤에 무단 점거자들이 생기지 않도록 지켰다. 새로운 거처는 안락하지는 않았지만 안전했다. 상황이 악화되면서 반송장들이 서서히 페낭 근처로 이동할 때까지도 우리는 안전하리라 믿고 있었다. 우리 무리가 가까이 있던 난민 캠프로 야간 사냥을 다녀온 뒤, 근거지 중 한 곳에 모여 있던 날이었다. 그 날 처음, 응우옌은 자신의 우려스러운 속내를 드러냈다.

"내가 계산을 해봤는데……" 그의 목소리에는 근심이 묻어났다. "내 계산대로라면 앞으로가 불안해."

나는 처음에 그가 무슨 이야기를 하고 있는 줄 몰랐다. 구세대들의 사회적 기술은 개탄스러울 정도였다. 그들은 추억에 잠겨 생각이 아련히 멀어질수록 의사소통하기가 더 힘들었다.

"기근, 질병, 자살, 종족 간 살해, 전쟁 사망자에다가, 당연히, 반송장들에 전염되는 수까지." 그는 어리둥절해하는 내 표정을 확실히 읽은 모양이었다. "인간들 말이야!" 그는 답답해서 못 참겠다는 듯 버럭 소리를 질렀다. "인간들이 없어질 거라고! 그 어슬렁거리는 추물들이 서서히 인간들을 전멸시키고 있잖아."

라일라가 큰 소리로 웃었다.

"그것들은 항상 인간들을 전멸시키려고 했었어. 인간들이 그때마다 기를 꺾어놓아서 문제지."

응우옌은 화를 내며 머리를 가로저었다.

"이번은 아니야! 우리가 발붙이고 있는 이 코딱지만 하게 쪼그라든 세상에서는 그렇게 안 돼. 얼마 전까지 지구상에는 유례없이 많은 인간들이 있었어! 여행도 했고 무역을 하면서 네트워크도 형성했었지. 일찍이 예를 볼 수 없을 정도로 인간들은 그렇게 서로 연결되어 있었다고! 이 역병이 급속히, 그렇게 멀리 퍼져 나갔던 것도 바로 그 때문이었거든! 인간들은 역사와 모순되게 결국 하나의 세계를 만들었던 거야. 물리적 거리를 없애버리는 반면 사회·정서적인 거리라는 걸 확립했지."

그는 멍한 표정을 한 우리들을 보고 노여운 듯 한숨을 내쉬었다.

"인간들이 지구 곳곳으로 뻗어나가면 갈수록 그들은 더욱더 그들 내면으로 회귀하려는 욕구가 강해졌어. 쪼그라든 세계가 높은 수준의 물질적 번영을 가져오자 인간들은 그 부를 상대방과 자신을 격리하는 데 사용했어. 그랬기 때문에 이 역병이 번지기 시작했을 때, 전 지구적인 동원령은커

녕 한 국가 내에서도 군대 동원령이 없었던 거야! 각국 정부들은 다른 나라들이 모르게 일을 했던 거고, 그래서 다 삽질이 되어버린 거지. 그동안 국민들은 사소한 고민이나 하느라 바쁘셨고 말이야! 평범한 인간들이 무슨 일이 일어나고 있는지 알게 되었을 때는 이미 너무 늦은 뒤였어! 그리고 우리도 '거의' 너무 늦었지! 내가 계산을 해봤어! 호모 사피엔스들의 숫자가 존속 가능한 한계에 가까워졌어. 조만간 살아있는 인간들보다 반송장의 수가 더 많아질 거라고!"

"그래서?" 라일라가 아무렇지 않다는 듯, 불쾌한 기색을 내비쳤다. 그녀가 한숨을 쉬면서 했던 말들이나 그 태도를 나는 절대 잊을 수 없을 것이다. "인간들이 더 적어지면 그게 어때서? 네 말처럼 너무 이기적이고 멍청해서 반송장들 사냥감이나 되고 있는 종족들인데, 대체 우리가 왜 신경을 써야 하는 거야?"

응우옌은 라일라의 눈에서 해가 뜨기라도 한 것처럼 그녀를 바라보며 얼굴을 찌푸렸다.

"이해 못 하는군." 그가 거친 목소리를 내뱉었다. "넌 그 연관성을 전혀 인지하지 못하고 있어."

그는 잠시 말이 없더니 몇 발짝 뒤로 물러섰다. 카펫 위 어딘가에 적당한 말을 떨어뜨리기라도 한 것처럼 방을 두리번

거렸다.

"우린 지금 '인간들이 더 적어지는 것'에 대해서 이야기하는 게 아니라, 그들 모두가 없어진다는 말을 하는 거라고! **전부다!**"

방에 있는 모두가 응우옌 쪽으로 얼굴을 돌렸다. 응우옌은 잡아먹을 듯이 이글거리는 눈으로 라일라의 눈을 정면으로 쏘아보고 있었다.

"사피엔스들은 그들의 생존 그 자체를 놓고 투쟁하고 있어! 그리고 그 싸움에서 지고 있는 거야!" 그는 드라마틱하게 양팔을 뻗어 텅 빈 반원을 그렸다. "마지막 사피엔스가 사라지게 되면 대체 무슨 수로 너나 내가, 우리 종의 단 한 명이라도 살아갈 수 있겠냔 말이야!?"

침묵만이 감돌았다. 그는 모여 있는 무리들을 쭉 훑어보았다.

"단 한 명이라도 오늘 저녁 식사 이후를 생각해 본 적이 있나? 우리의 하나밖에 없는 식량 공급원을 두고 경쟁하는 다른 생물체가 있다는 게 무슨 뜻인지 이해하는 자가 있냔 말이야!?"

그쯤에서 내가 소심한 목소리로 감히 말을 꺼냈다.

"그렇지만 반송장들은 언젠가 멈출 거야. 그것들도 알고 보면……"

"그것들이 알 수 있는 건 **아무것도 없어!**" 응우옌이 내 말을 잘랐다. "그런데 너는 **알잖아!** 그것들과 우리들이 어떻게 다른지 **알잖아!** 우리는 인간을 사냥하지! 그것들은 인간을 사멸시켜! 우리는 포식자들이고! 그것들은 전염병이라고! 포식자들은 필요 이상 사냥하지 않고 과도하게 번식하지 않아! 우리는 둥지에 알 하나는 항상 남겨놓는단 말이지! 우리와 먹잇감들 사이에 균형을 유지해야 생존할 수 있다는 걸 우리는 알고 있다고! 역병은 그런 걸 몰라! 숙주들을 남김없이 다 전염시킬 때까지 번지고 또 번져가기만 할 뿐이야! 숙주를 죽이다가 자멸하게 된다고 해도 그렇게 해버리는 게 놈들이지! 병마는 자제한다는 개념도 내일이라는 관념도 없어! 저지른 일의 장기적인 결과를 파악하지 못하지, 그건 반송장들도 마찬가지야! 우리는 할 수 있어! 그런데 그렇게 안 하잖아! 그저 묵과하고만 있었지! 그동안 그저 **자축하고** 있었던 거야! 지난 몇 년간 우리의 멸종을 축하하는 퍼레이드를 하면서 분별없이 춤이나 추고 있었단 말이야!"

라일라가 흥분하고 있었다. 그녀는 포악한 눈빛을 응우옌에게 고정한 채 얇은 입술을 송곳니께로 말아 올렸다.

"인간들은 더 많아질 거야." 그녀는 부드럽게 쉿소리를 내며 말했다. "항상 더 많을 거라고!"

그 말은 우리들의 일반적인 통념이었다. "*인간이 언제 반 송장들에게 기꺼이 대항하지 않은 적이 있었어?*"라며 역사적인 견지에서 보는 이들부터 실제적인 입장으로는 "*그래, 인간들이 만든 전 지구적 사회 경제 체계는 해체되었을지 모르지만 인간들 자체는 사라진 게 아니잖아.*"라는 말은 물론이고, 우스갯소리로 "*인간들이 간통을 멋대로 저지르는 한 항상 더 많이 남게 될 거야.*"라는 말까지 나왔다. 논쟁 자체를 무시하는 이들부터 대립되는 의견을 내며 공격적으로 논쟁을 하는 이들까지 우리 종족의 많은 이들이 하나같이 필사적으로 언쟁에 매달렸다.

"언제나 더 많을 거야."

필사적이라는 말밖에는 우리가 직면한 이 생존의 새로운 국면을 달리 설명할 말이 없었다. 반송장들이 계속해서 증식하고 그것들이 인간들의 근거지를 하나씩 하나씩 차지하고 나면 "항상 더 많을 거야."라는 논쟁은 더욱 필사적으로 변할 것이다.

그렇다 하더라도 내가 낮잠을 깊이 자지 못하는 이유는 '더 많아'를 추종하는 이들 때문이 아니었다. 오히려 나와 같은 생각을 하는 이들, 응우옌의 논리를 따르기 시작하면서 스스로 '계산을 해보는' 이들 때문이었다. 인류는 확실히 총체적으로 한계에 이르고 있었다. 우리의 베트남계 현자의 예언처럼 반송장들은 연쇄반응을 일으켰다. 매일 밤, 페낭의 거리와 병원, 임시로 설치한 난민 캠프에는 인간의 시체들이 더 높이 쌓여갔다. 반송장들은 아직 이 구역에 오지도 않은 상태였지만 영양실조, 질병, 자살, 그리고 살인이 잇달았다.

"항상 더 많을 거야."라는 말처럼은 되지 않을 것임을, 그렇게 될 수 없을 것임을 우리는 잘 알고 있었다. 그러면 무엇을 해야 할까? 나는 '해야 할 일'이 뭔가 하는 질문이 처음에 너무나 생소하게 느껴졌다. 다른 것들에 대해 의문을 갖는 것은 고사하고 나 자신에게 조차도 자문하지 않았기 때문이다. 종말론적 위협에 직면한 이 상황에서 논리적인 판단이 해결책이 될 수 있을까? 그저 멍하니 있는 기생충 종족이 아니라면 당연히 해결책이 나오겠지.

우리는 목숨을 걸고 싸우는 개를 지켜보고 있는 개벼룩들 같았다. 개를 도울 만한 힘이 있을지 모른다는 생각조차 하지도 않는. 우리는 항상 인간들을 '열등 종족'이라고 일컬으며 얕잡아보았다. 그런데 그 종족은 매일 그들 자신의 나약함과 피할 수 없는 죽음에 맞서 싸웠고 그들 운명을 쥐고 흔들려고 했다. 우리가 어둠 속에 숨어 있는 동안 그들은 연구하고 땀 흘리면서 그들이 직면한 세계를 바꾸어놓았다. 그 세계는 그들의 세계이지 우리의 것이 아니었다. 우리는 단 한 번도 우리의 '숙주' 문명사회에 주인 의식을 가져본 적이 없었고 기여하겠다는 생각을 할 필요도 없었다. 하물며 어떤 방식으로든 그들 문명을 위해서 싸우겠다는 생각은 가당치도 않았다. 장엄한 세월의 흐름 속에서, 눈앞에 펼쳐진 전쟁과 대규모의 이주, 그리고 서사적 혁명들을 봐왔던 우리들은 권태 속에서 오직 피와 안전, 그리고 습관처럼 몸에 익은 안도감만을 갈망했다. 이제, 역사가 우리를 심연의 나락으로 떨어뜨리겠다고 협박하고 있는 추이를 보면, 우리는 거의 유전적인 정체 때문에 꼼짝 못하고 당하게 된 셈이었다.

이런 자성은 물론 늦게나마 얻은 결실이었다. 터멩고 호수(말레이반도에서 두 번째로 큰 호수 — 옮긴이)에서 먹잇감을 쫓아다니며 보내던 그 날 밤에는 이렇게까지 명백하게 깨닫지 못하고 있었다. 인간들이 4번 고속도로에 쳐 놓은 바리케이드는 밀물처럼 솟구치는 반송장에 대항하는 그들 최후의 방파제였다. 군사 기지의 왼쪽에는 임시 방어 시설 같은 것이 들어서 있었는데 다리는 일부러 파괴하지 않은 것 같았다. 분명히 아직도 강 건너편을 수복할 생각을 고수하고 있는 게 틀림없었다. 센트럴 아일랜드는 '격리' 구역으로 지정

되어 있었다. 자연 보존 구역이었던 그곳은 이제 수용자들로 우글거렸다. 우리 종족은 그곳의 피난민들이 꽤 먼 거리도 홀로 이동할 만큼 경계심이 없다는 걸 알고부터 그곳을 인간들에게 접근할 수 있는 이상적인 장소로 여기고 있었다.

그날은 탐욕으로 붉게 물든 밤이었다. 나는 난민을 둘이나 빨아 먹은 뒤에 몸을 깨끗이 씻어내고 세 번째 먹잇감을 물색하고 있었다. 일찍이 그런 행동은 우리 종족들 사이에서 전례가 없었지만, 이제는 평범한 일이 되고 있었다. 아마도 보상심리가 지나쳐서 그런 잘못된 방식으로 표출된 것 같았다. 무의식적인 욕구가 우리의 상황 통제 능력에 영향을 끼친 것이다. 나는 아직도 근본적인 동기가 뭐였는지는 모르겠다. 의식적이고 감정적인 측면에서 설명하자면 사냥을 통해 느꼈던 즐거움이 흔적 없이 증발해 버린 상태라고 할 수 있을 것이다. 내가 느낄 수 있었던 것은 오직 먹잇감에 대한 분노였다. 분노와 이해할 수 없는 경멸. 나는 그들에게 필요 이상의 고통을 주었다. 신체를 훼손하는가 하면 죽음이 임박한 순간에 모욕을 주기도 했다.

한번은 너무 과하다 싶을 정도로 머리를 심하게 구타하기까지 했다. 그래도 내 말을 들을 수 있을 만큼의 정신은 살려두었다.

"뭐든 해 보지그래?"

나는 그의 얼굴에 내 얼굴을 바싹 들이대며 놀려댔다. 그는 나이가 많은 외국인이었고 내 말을 이해하지 못하는 것 같았다.

"어서!" 나는 그에게 호통을 쳤다. "어떻게든 해 보라고!" 나는 어느새 미치광이처럼 주문을 외고 있었다. "뭐든 해 봐, **해 봐, 해 보란 말이야!**"

이제 와 생각해 보니 '뭐든 해 봐' 라는 말은 도발이라기보다 도발의 가면을 쓴 구원의 외침이었던 것 같다. 그보다는 '제발 어떻게 좀 해 줘.' 라고 말했어야 했다. '너희 종족들은 도구도 있고 의지도 있잖아! 제발 어떻게 좀 해 보라고! 너희와 우리 모두를 살릴 수 있는 방법을 찾아 달란 말이야! 아직은 숫자가 충분하잖아! 아직 시간이 있잖아! 어떻게 좀 해 봐! **뭐든지 좀 해 보라고!**'

그날 밤, 내가 터멩고 호숫가에서 마지막 먹잇감을 잡았을 때는 그런 짓을 하지 못할 정도로 피에 취해 있었다. 그 초췌하고 불쌍한 인간은 완전히 무기력한, 정신만 겨우 살아있는 여자였다. 피난민들 대다수는 인간들 말로 '전쟁 후유증'에 고통받고 있었다. 그들은 거의 다 각자의 정신적 한계를 초월해서 생존해 있었던 것이었다. 그들이 목격한 공포와 그들이 감내해야 했던 상실감 때문에 많은 이들은 정신이 말 그대로 녹아 없어져 버렸다. 내가 피를 빨았던 그 여자는 딱 반송장들만큼 '나'라는 존재에 대해 인식하고 있는 것 같았다. 내가 혈관을 뚫자 여자는 나직하게 안도의 한숨을 내쉬었는데 고작 그뿐이었다.

혀로 맛 본 그 여자의 피는 역겨웠다. 여위고 굶주린데다가 켜켜이 쌓인 노폐물로 더럽혀진 피가 자가 소비로 축난 여자의 피하 지방에서 뿜어져 나왔었다. 반쯤 먹다만 여자의 몸을 버려두고 네 번째 제물을 물색할 생각을 하던 때였다. 갑자기 들려온 비명 소리와 신음 소리의 불협화음에 정신이 혼란스러워졌다. 평소보다 더 큰 소리로 다리의 서쪽 편에서부터 들려오고 있었다.

반송장들이 저지선을 뚫고 들어온 것이었다. 내가 밀림 밖으로 나오는 순간 놈들의 모습이 보였다. 인간들이 뒤집힌 차와 잔해를 이용해 만든 바리케이드에 자동 기계처럼 인간을 씹어 삼키는 놈들이 득실거리고 있었다. 그곳을 지키고 있던 인간들에게 총알이 부족했는지 아니면 용기가 부족했는지 나로서는 알 수 없었다. 보이는 것은 오직 놈들의 무리 앞에서 빠른 속도로 달아나고 있는 인간들뿐이었다. 수백, 아니 수천은 될법한 놈들은 넘어져 눌린 동족들의 몸뚱이가 이룬 경사로를 밟고 올라서 바리케이드를 넘고 있었다.

나는 벌떡 일어나 다리 쪽을 바라보며 우리 종족만 들을 수 있는 목소리로 라일라를 불렀다. 대답이 들리지 않았다. 달아나고 있는 군중들을 훑어보며 분홍색의 인간 무리들에 대비되는 그녀의 짙은 황색 피부가 눈에 띄기를 바랐다. 없었다. 그녀는 온데간데없고 미친 듯이 흥분한 인간들과 울부짖으며 밀려들어 오고 있는 반송장들뿐이었다. 바로 그때, 나는 처음으로 아주 오랫동안 잊고 있었던, 너무나도 강렬한 감정을 느꼈다. 불안감이 아니었다. 그런 느낌이라면 이미 너무나도 익숙했다. 불안감이란 다칠지 모른다는 가능성 때문에 생기는 감정이다. 불이나 태양 빛에, 아니면 놈들같이 생물학적 파멸이 가져온 새로운 종족의 손에 의해서 말이다. 불안감은 아니었다. 의식적인 사고가 아니라 원초적이고 본능적인, 그래서 보이지 않는 갈퀴 손처럼 나를 옴짝달싹 못하게 하는 그 무엇이었다. 수 세기 전에 내 심장이 멎은 이후로는 한 번도 느껴본 적이 없는 그것이었다. 그 인간의 감정. 그것은 공포였다.

그 날의 일은 마치 나 자신을 밖에서 구경꾼처럼 바라보고 있는 듯한 특이한 경험이었다. 찢고, 주먹을 날리고, 내가 반송장 놈들의 무리를 공격했던 격렬한 매 순간이 고스란히 기억난다. 열, 열하나, 열두 번째 놈의 머리가 터졌고 목이 날아갔다. 쉰일곱, 쉰여덟 번째 놈의 척추 뼈가 산산조각 나고 뇌가 터졌다. 백마흔다섯, 백마흔여섯……. 나는 하나하나를 다 세었다. 시간이 계속해서 흘렀고 시체들이 쌓였다. 그날 밤의 내 행동은 투지가 넘쳤다는 말로밖에 달리 표현할 말이 없을 만큼 나는 의지를 벗어나 기계처럼 움직였다. 아무런 거리낌도 없이 쉬지 않고 폭주하고 있는데 어떤 손이 내 손을 움켜쥐었다. 흠칫 놀라면서 손을 쳐내려고 팔을 휘두르다가 라일라의 눈과 마주쳤다.

반송장들의 부패물이 덮여 검고 미끌거리는 그녀의 손은 떨고 있었다. 눈은 동물적인 흥분으로 이글거리고 있었다.

"보라고!"

그녀가 우리 앞에 조용히 쌓여 있는 수백 구의 망가진 시체들을 가리키며 고함쳤다. 잘려나간 머리가 이빨을 달각거리는 것 외에는 무엇도 꼼짝하지 않았다. 라일라는 허공에 대고 뻐금거리던 머리들 중 하나에 발을 올려놓더니 으르렁거리는 소리를 내면서 박살을 내버렸다.

"우리가 해냈어." 그녀가 외쳤고 우리 둘의 가슴 속에 자각이 밀려왔다. "**우리가** 해낸 거야!"

몇 세기 만에 처음으로 가슴이 벅차오른 그녀는 멀리 바리케이드 위로 손을 흔들어댔다. 반송장의 물결이 다시 바리케이드를 넘고 있었다.

"더 와 봐." 그녀의 속삭임이 점차 고함으로 바뀌었다. "더. 더! **더 와 보라고!**"

그 후 며칠간 우리는 거의 죽어가고 있었다. 반송장들의 체액이 그토록 치명적일 줄은 몰랐다. 백병전으로 생긴 미세한 상처에 그들의 독성 부패물이 깊이 침투했다. 천 명이 넘는 놈들을 해치운 그날 밤 직후, 우리 역시 놈들을 따라 사멸하게 될 것만 같았다.

"그래도 넌 싸우기 전에 피를 마셨잖아." 우리의 캄캄한 거처로 찾아온 응우옌이 말했다. "너희들처럼 감염된 경우엔 사피엔스의 피가 유일한 해독제야."

그는 식사거리를 둘이나 데리고 왔다. 남자 한 명과 여자 한 명이었다. 둘 다 묶인 채로 발버둥을 치면서 재갈을 문 입으로 비명을 지르고 있었다.

"아예 소리를 못 내게 할까 생각도 했었는데……" 응우옌이 말했다. "편한 것보다는 온전하게 가져오는 방법을 택했지." 그러고는 그가 여자의 목을 내 입술에 갖다 댔다. "아드레날린이 가득 들어서 빨리 회복할 수 있을 거야."

"왜지?" 응우옌의 호의에 놀란 내가 물었다. 우리는 이기적인 종족이었다. 물질적인 소유물이나 피 둘 다에 대해서.

"왜 우리한테 이걸 양보하는 거지? 왜 그냥……."

"너흰 유명인사야." 그는 마치 젊은 애들처럼 들떠서 외쳤다. "다리에서 너희들이 한 일 말이야. 너희들이 해낸 그 일…… 그 일이 우리 종족들에게 영감을 줬어!"

게걸스럽게 남자의 목을 빨고 있던 라일라의 눈이 커졌다. 우리 둘 중 누가 뭐라고 하기도 전에 응우옌은 계속해서 이야기했다.

"뭐, 너흰 페낭에서도 우리에게 깊은 인상을 남겼었지. 이 안전 구역에서 어느 종족이든 누가 나타나 뭔가 할 거라고 생각이나 했겠어? 그건 차차 생각하도록 하고. 바로 지금 중요한 사실은 너희들이 우리에게 할 수 있는 뭔가를 보여줬다는 거야! 너희들이 직접 해결책을 보여준 거라고, 돌파구를 말이야! 이젠 우리 모두 힘을 모아서 반격할 수 있어! 벌써 시작한 무리들도 있지! 지난 사흘 밤 동안 열댓 정도가 인간들이 만든 방어 시설을 넘어갔어. 그러곤 이쪽으로 오고 있는 엄청나게 많은 놈들 무리의 심장부를 강타했지. 수천의 놈들이 쓰러졌어! 수백만이 더 밀려들겠지만 문제없어!"

응우옌의 이야기를 들어서 그런지 아니면 인간 피를 먹은 탓인지 모르겠지만 정신이 멍해지면서 갑자기 희열이 밀려

들었다.

"너희가 우리를 구한 거야!" 그가 우리의 귀에 대고 속삭였다. "너희가 선전 포고를 한 거라고."

그리고 그 전쟁을 시작한 이들은 라일라와 내가 터멩고 호수를 습격했던 것을 본받은 다수의 동족들이었다. 우리는 스스로를 노출하는 치명적인 실수를 저지르긴 했지만, 최소한 그 경험을 통해 배운 점이 있었다. 장갑으로 손을 감싸거나 방수재질의 소재로 손을 칭칭 감는 것이었다. 우리 종족들 중에는 순전히 발로만 싸우는 방법을 터득한 이들도 있었는데 아마도 인간들이 '무술'이라고 부르는 것에서 개발한 것 같았다. '두개골 댄서'라고 하는 그들은 반송장들이 마구 휘둘러대는 팔보다 높은 곳으로 올라가 달걀 껍데기로 가득한 바다 위에 있는 것처럼 뛰어다니며 놈들의 머리를 깨부수었다. 우아하고도 확실한 방법이었지만 우리의 전투력에 주효하지는 못했다. 우리 종족은 대놓고 말하지 않는 경향이 있는데, 그들에 대해서도 다들 아무런 불평을 하지 않았다.

불행하게도 두개골 댄서들은 똑같은 수의 '에뮬레이터'들과 맞먹는 전투력을 가지고 있었다. '에뮬레이터'들은 우리 종족들 중에서 인간들처럼 무장하고 싸우는 이들이었다. 에뮬레이터들은 화기, 칼이나 둔기처럼 인간들이 개발한 무기를 사용했는데, 그들은 그러한 도구들을 사용하는 것이 맨 몸으로 싸우는 것보다 더 '효율적'이라고 생각했다. 많은 이들이 자신이 인간이었을 때 살았던 시대나 지리적 기반에 근거해서 무기를 골랐다. 대개 중국인이었던 자들은 폭이 넓고 큰 양손 대검을, 말레이인이었던 자들은 께리스(크리스(Kris) 혹은 께리스(Keris). 말레이시아의 전통 단도로 물결모양의 구불구불한 칼날이 특징 — 옮긴이) 장검을 휘둘렀다. 어느 날 밤, 카메론하일랜즈(말레이시아 북서쪽의 휴양지 — 옮긴이)에서는 녹슨 '브라운 베스(18세기 나폴레옹 전쟁 당시의 영국군의 주력 소총. 당시 유럽에서 가장 유명한 활강식 부싯돌 소총 — 옮긴이) 장총을 든 서양인 출신의 동족 하나가 신속하게 총을 발사하고 재장전하는 것을 직접 보기도 했다.

"어떤 이들은 알렉산더를 말하고, 어떤 이들은 헤라클레스라고 하지."(영국군 척탄병 행진곡의 가사 — 옮긴이)

그 자는 현대식 자동 소총의 속도에 맞먹을 정도로 민첩하게 총을 놀리며 노래를 불렀다.

"헥터와 리잔드로스, 그런 위대한 이름을 말하네!"

그의 재빠른 몸놀림도 장관이었지만 그보다 화약과 탄약이 아직 남아 있다는 게 놀라웠다. 대체 어디서 저런 것들을 구한 걸까? 그뿐만이 아니다. 다들 어디에서 그런 특정 무기들을 구한 걸까? 그 무기를 손에 넣느라 얼마나 오랜 시간을 낭비했을까? 그게 뭐가 '효율적'이라는 건지. 그저 한때 자신들의 가슴에 요동쳤던 울림을 다시 한 번 느끼려는 잠재의식 속의 감상적 욕구가 아니었을까?

효율적이라는 주장 속에는 그런 욕구를 담고 있을 것이다. 광적인 에뮬레이터 패거리일수록 더. 우리는 그런 얼간이들을 '무장 에뮬레이터'라고 불렀다. 그들은 사이비 인간 '기동대'라도 만들고 있는 것 같았다. 자기들끼리 계급과 직함을 부여하는 건 물론이고 심지어 경례나 보안 암호 같은 의례까지도 만들었다. 한 달 만에 이런 '기동대'는 페낭 주변에 몇 개가 생겨났다.

제일 주목할 만한 건 '펭 사령관'과 그의 '혈족 군대'인데 그 이름이 그의 본명은 아니었다.

"지금 이 순간에도 승리를 위한 계획은 완성되고 있다."

어느 날 밤에 그는 동남아시아 지도를 가리키며 내게 그렇게 말했다. 라일라와 나는 그가 우리 종족이 처한 난국에 확실한 해결책을 가지고 있기를 바라며 '사령관'을 찾아갈 정도로 그에 대해 호기심을 가지고 있었다. 20분을 '전략 공군 사령부'에서 보내고 나서 그런 희망은 완전히 사라졌다. 알고 보니, 그 군대란 인간들이 만든 지도와 위성 라디오, 군대에 관한 저서를 가득 모아놓은 곳에 대여섯 명이 모여 있는 것뿐이었다. 금으로 장식된 검은 제복에 붉은 베레모를 쓴 그들은 모두 제법 화려해 보였고 농담이 아니라 정말로, 인간들의 선글라스까지 맞춰 착용하고 있었다. 그들의 모습보다 더 기억에 남던 것은 그들의 능숙한 토론 기술이었다. 쏟아지는 논쟁 속에서 우리가 기억하는 용어의 극히 일부만 말해 보자면 '정적 방어', '요충지'(계곡이나 다리, 해안처럼 군사력을 가두거나 통과하게 할 수 있는 지형적 요건을 가진 곳을 일컫는 군사용어 — 옮긴이), '탐색 공격', 그 외에도 '소탕, 장악 그리고 구축' 같은 것들이었다. '마셜'은 우리가 그의 어깨 너머로 쭉 훑어 봤던 것도, 그의 '군사 작전 참모'들에 대한 우리의 반응도 모두 다 눈치 채고 있었을 것이다.

"최후 공격은 과감해야 한다." 그는 확신에 찬 목소리로 말하며, 참모들 쪽을 보고 웃는 얼굴로 고개를 끄덕였다. "그러니, 온갖 꽃들이 피도록 하자. 온갖 무리들이 경쟁하도록 하자."(중국의 정치구호인 백화제방 백가쟁명[百花齊放 百家爭鳴]을 인용한 말. '온갖 꽃이 함께 피고 온갖 새가 울어 댄다'는 의미로 누구든지 각기 주장을 피력할 수 있다는 뜻 — 옮긴이)

"꽃이든 뭐든 그만큼 많기라도 하면 좋을 텐데."

라일라가 한숨 섞인 목소리로 말했다. '혈족 군대', '맨 송곳니 민병대', '비전술파', 그 외에도 소수의 다른 무장 에뮬레이터 단은 폭풍처럼 맹렬히 퍼붓는 반송장 무리의 빗줄기 하나도 막아낼 수 없을 것 같았다.

머릿수로 보나 시간으로 보나 적들은 계속해서 수적으로 막강해질 것이었다. 우리는 피를 빨고, 휴식을 취하고, 햇빛에 겁먹고, 그리고 몸을 움츠리는 습성을 얼마나 더 이어갈 수 있을까? 아니, 그것 중 어느 한 가지라도 전해질 수나 있을까? 매일 해가 뜰 때마다 우리가 뒷걸음질을 칠 때마다, 그 썩은 시체들은 계속해서 인간을 죽이고 증식해 갔다. 우리가 놈들 무리를 다 말살시켜도 그 다음날 밤이면 그 놈들을 대신할 다른 놈들이 생겨났다. 밤새 몇 킬로미터나 되는 구역을 싹쓸이하고 나면 다음날 아침에 새로운 감염자들이 나타나곤 했다. 자랑할 만한 체력에도 불구하고, 소위 '우월한' 지능과 심지어 상대가 우리를 인식하지 못한다는 압도적인 우위를 점하고서도, 우리는 강렬한 햇빛을 마주한 채 일하는 정원사처럼 불운하게 싸웠다.

우리의 상황을 호전시킬 가능성이 있는 분파가 하나 있었다. 그들은 자기네를 사이렌이라고 불렀다. 개개인이 다 용감무쌍했던 그들은 협력 세력을 구축하기 위해 전 세계에 있는 우리 종족을 찾아 페낭으로 모으는 일을 자청했다. 사이렌은 한 장소에 수백만의 우리 종족을 결집해서 군대를 만들어야 지구를 정화시키는 일을 시작할 수 있을 거라고 믿고 있었다. 나는 그들의 노력에 찬사를 보냈지만 그들이 성공하리라고는 자신할 수 없었다. 전 지구적으로 운송 체계가 와해된 상황에서 감히 우리 중에 누가 수십 킬로미터 이상을, 아니 다음 해 질 녘이 될 때까지 수백 킬로미터를 여행할 수 있을까? 매일 아침 태양을 피할 거처를 찾는 것은 가능할 수 있겠지만 식량도 그렇게 쉽사리 확보하리라는 보장이 있을까? 그들은 정말로 매일 밤마다 우연히 외딴곳에 있는 인간 정착지를 발견할 거라고 믿고 '자급자족'해 나갈 수 있다고 생각했던 걸까? 사이렌 중 몇몇이 더 많은 우리 종족을 만날 수 있었다고 해도 지금 그들이 있는 곳보다 페낭이 더 안전하다는 설득은 어떻게 할 셈이었을까? 대체 어떻게 페낭으로의 대 이동이 가능할 거라고 믿었던 걸까? 우리 종족 중 하나가 지구를 횡단한다는 것은 불가능에 가까웠다. 어떻게 '군대'를 모으겠다는 생각을 할 수 있었을까?

그 모든 논리를 배제하고, 나는 어느 밤 해안가에 사이렌들을 가득 태운 배 한 척이 나타나기를 기다렸다. 우리 중 누구도 비행술을 배운 적은 없었지만, 갑자기 하늘에서 그들을 태운 비행기 한 대가 급강하하리라는 희망도 결코 버린 적이 없었다. 전투를 하면서 보낸 매일 밤 내내, 나는 수백 명으로 불어난 우리 종족이 불현듯 밤의 어둠 속에서 나타나는 환상을 끝없이 꾸었다. 인간의 역사에도 그와 비슷한 장면이 있었다. 스탈린그라드(제 2차 세계대전 당시 독일군과 소련군이 대치하던 곳으로 지금의 볼고그라드. 이 전투에서 독일군의 패배로 전황이 뒤집히는 결정적 계기가 됨 ─ 옮긴이)와 엘베 강(스탈린그라드 전쟁에서 승리한 소련군은 엘베 강에서 미군과 조우, 서로 끌어안고 승리를 환호함 ─ 옮긴이)에서 떠올릴 수 있는 악수와 포옹의 이미지처럼, 새로 얻은 희망과 최후의 승리를 대표적으로 상징하는 사건이 있었다. 헛되이 사이렌들을 기다리는 동안 그런 것들이 나를 사로잡아 감질나고 괴로운 꿈으로 잠을 설쳤었다.

우리를 구원해 줄 다른 가능성과 대안도 있었다. 하지만 신성 모독의 희생이 따르는 것들뿐이었다. 우리 종족은 인간들이 말하는 정신적인 '종교' 같은 것이 없었다. 마찬가지로 도덕적 행위에 대한 복잡한 규약 같은 것도 없었다. 우리는 오직 불가침한 두 개의 금기에 대해 충성할 뿐이었다.

첫 번째 금기는 오직 한 명만을 우리 동족으로 만든다는 것이었다. 그런 금기 때문에 시간이 흐른다고 해서 자연히 우리 종족의 수가 증가하지는 않았다. 한 번도 구체적으로 논의해 본 적은 없지만, 이 암묵적인 계명은 포식자로서 갖고 있는 생태 균형 관념에 근거한 것이 분명했다. 응우옌이 말했듯이 포식자들이 지구상에 넘쳐난다면 둥지에 알을 하나씩 남겨놓는 것은 불가능해질 것이다. 그런 관념은 논리적이면서도 합리적인 생각이었고, 사실 반송장들의 수가 늘어나면서 균형에 대한 인식은 더 확고해졌다. 하지만 놈들의 승리가 임박한 이때, 우리가, 어쩌면 이번 한 번만은, 고대의 계율을 약간 수정할 수 없을까?

페낭에 있는 우리 종족은 거의 백 명쯤 되었다. 아마도 우리 종족의 역사상 최대 규모의 집결이었을 것이다. 그 인원 중 대략 4분의 1은 사이렌들이었는데 그들은 우리 구역을 떠났고, 반면 다른 4분의 1은 군국주의의 자위행위에 열중하고 있었다. 실제로 전투에 참가한 수는 나머지 50명 정도의 인원이었다. 그들은 배고픔이나 피로가 찾아오거나 결국 새벽에 쫓겨 철수할 때까지 매일 밤마다 짧게 몇 시간 정도씩 전쟁을 치렀다.

밤마다 죽인 놈들의 수가 수천에 이르렀을 때, 전염성이 있는 놈들 무리는 수백만으로 늘어나 있었다.

우리는 그 등식 방정식 상황을 고려했을 때 적당한 수의 동족을 만들어야만 했다. 조심스럽고 신중하게, 충분한 병력을 보충함으로써 포식자와 피식자의 균형을 흐트리지 않는 선택을 해야 했다. 어쩌면 말레이 반도를 정화할 만큼 큰 규모의 군대를 만들어야 했는지도 모른다. 그러고 나서 동남아시아를 장악하고, 그 다음엔, 누가 알아? 인간들에게 적당히 숨 돌릴 공간을 줘서 그들에게 필요한 자원을 넉넉히 출자할 만큼 충분한 시간을 벌게 하면 우리의 도움이 없이도 지구상의 적들을 다 소탕할 수 있었을 것이다. 기회는 손 뻗으면 닿는 곳에 놓여 있는데 우리 중 누구도 그걸 이용할 생각을 하지 않고 있었다.

두 번째 계율도 첫 번째와 마찬가지로 논외의 것이다. 인간과 직접적인 열린 접촉을 금하라는 계명이다. 신병을 채용할 때처럼, 생존하고자 하는 논리적인 욕망은 익명성을 통해 확보할 수 있다. 어떻게 포식자인 우리들이 사냥감에게 모습을 드러낼 수 있겠는가? 검치호나 짧은 얼굴 곰, 아니면 한때 인간의 뼈를 마음껏 먹었던 수많은 다른 최종 포식자들의 운명처럼 멸종이라도 하고 싶지 않고서야. 인간 역사를 통틀어, 우리들 존재에 대한 이야기는 신화나 유년기에 인간이 듣는 우화를 통해 전해져왔다. 심지어 지금도, 우리들의 생존을 위해 팽팽한 투쟁을 이어나가는 가운데, 우리는 그렇게 노력하는 모습을 인간들의 눈에 보이지 않게 감추려고 애쓰고 있다.

만약 우리가 이런 가식을 벗어던진다면, 그래서 방심하고 있는 그들에게 우리를 드러내는 건 어떨까? 그럴 경우 모든 것을 완전히 폭로할 필요는 없을 것이다. 계몽된 몇 명을 통해 전체 무지몽매한 대중들을 현혹시킬 수 있을 것이다. 말레이시아 정부가 아니더라도 말레이시아 전역에서 '망명 정부'를 조직하고 있는 이들이 있을 것이다. 근처에 우리 구역 같은 안전지대가 분명히 남아 있을 테고, 기꺼이 의기투합하려는 인간 지도자들도 있을 것이다. 우리는 오직 예전처럼 사냥을 계속할 수 있는 권리 외에 그 이상을 바라지 않는다. 호모사피엔스 지도자들은 대체로 자기네 종족을 위해서 기꺼이 희생하는 편이다. 어쩌면 이 혼란으로 모든 걸 잃은 난민들만 우리가 취하기로 하는 식의 확실한 경계를 정해 놓고 타협을 볼 수도 있다. 그런 사람은 슬퍼해 줄 이도 없거니와, 아예 그들이 죽었다는 사실조차 알아챌 사람도 없지 않을까? 어쩌면 그들이 기꺼이 더 명확한 기준을 제시할지도 모른다. 동포의 생존을 위해서 스스로를 자랑스럽게 여기며 문자 그대로 피를 흘려줄 이들이 있을 것이다. 인간 종족들은 그걸 엄청나게 값비싼 대가라고 생각할까? 그런 제안을 하는 것이 우리 종족에게 그토록 무모한 짓일까? 지원 병력을 증강하는 문제에 있어서, 나는 신성한 계율에 어떤 식으로든 대항할 생각은 없다. 우리 종족의 취약점은 오직 비겁함뿐만이 아니라는 사실은 쓸쓸하게나마 위안이 된다. 내 짧은 생애 동안, 밤이건 낮이건 자신들의 신념에 대해 자문하려는 단순한 용기조차 없는 이들을 너무나 많이 봐왔다. 이제는 나 자신도 '안 될 게 뭐야?' 라는 불확실한 전망을 택하기보다 확실하게 잊어버리는 쪽을 택하는 그들 중 하나라는 사실에 죄책감이 든다.

페라이(말레이시아의 주요 산업 지대 — 옮긴이)가 무너지던 날, 나는 꿈도 꾸지 않고 깊고 편안한 잠을 자고 있었다. 페낭 안전 구역은 난민 캠프들이 최대로 운집한 곳이었다. 그래서 우리들 중 일부는 바로 강 건너 버터워스(말레이시아 본토에서 페낭 섬으로 들어가는 교통의 관문이라고 할 수 있는 도시 — 옮긴이)에 근거지를 만들고 있었다. 인간 정부가 계엄령을 내릴 수 있는 페낭 섬과 달리 본토의 안전지대는 우리들이 사냥하기에 아직은 비교적 수월했다. 거대한 핏빛 분수와도 같은 페라이는 매일 밤 전쟁에 임하는 우리를 북돋아주었다. 또한 인간들에게는 최후의 군수품 제조 기지로서 역할을 하기도 했다.

그 폭발이 일어났을 때, 나는 지금까지 겪은 중 최고로 격렬한 전쟁을 끝내고 깊은 휴식에 빠져 있었다. 서른 명 남짓한 인원의 우리들은 좁다란 주루 강 벽을 넘어 놈들에게로 조용히 다가갔었다. 그러고는 한창 식사 중인 놈들 무리의 한가운데를 공격했다. 인간들을 향한 놈들의 지칠 줄 모르는 기세를 간신히 제압하고 나서는 다 빠진 힘과 수그러든 열의를 안고 근거지로 돌아왔다. 우리가 징발한 아파트는 벽이 얇았는데 아침이 되자 바람결에 놈들의 신음소리가 들렸다.

"내일 저녁은 다를 거야." 라일라가 확신에 찬 목소리로 말했다. "인간들이 아직 주루 강을 천연 장벽으로 사용하고 있고 매일 자기네들 벽을 조금씩 더 높게 쌓고 있잖아."

나는 그녀의 말을 믿어야 할지 말아야 할지 몰랐지만 말다툼하기에는 너무나 피곤한 상태였다. 우리는 기절하듯 서로의 품속에 쓰러졌고 동이 텄다.

충격파가 내 몸을 공중에 띄우는 순간, 나는 잠에서 깼다. 내 몸은 방의 반대편 벽으로 내동댕이쳐졌다. 곧이어 하얗게 달궈진 수십 개의 인두가 피부를 지지는 것 같은 압력이 느껴졌다. 폭발로 유리창이 깨지면서 유리들이 우리의 등화관제용 커튼을 갈기갈기 찢어놓은 것이었다. 나는 햇살 때문에 눈을 뜨지 못하는 상태였지만 연기를 내며 타오르는 피부를 감싸 쥐며 바닥으로 몸을 굴렸고, 필사적으로 라일라를 찾았다. 그때, 그녀의 팔이 내게 먼저 닿았다. 그녀는 내 손목을 잡아채서 자신의 어깨 위로 잡아당겼다.

"허둥대지 마!"

그녀가 소리치면서 망토를 내 머리에 덮어주었다. 우리는 깨진 유리 사이로 뛰어서 6층을 다 내려와 콘크리트 길 위에 다다랐다. 쏜살같이 돌진하던 라일라가 멈춰 섰고 그녀의 발걸음 소리가 파편의 홍수 너머에 울리고 있었다.

"대체 무슨……."

나는 간신히 한마디를 내뱉었다.

"공장이야!" 라일라가 대답했다. "불이 나서 사고가 터진 거지…… 놈들이 여기 있는 거야! 그것들이 사방에 깔렸다고!"

그녀의 피부에서 탄내가 났다. 몸이 얼마나 노출되었던 걸까? 얼마나 오래 몸이 타고 있었던 걸까? 라일라가 다시 뛰고 있는 걸 깨닫기 전까지 그 3초가 내겐 평생처럼 길게 느껴졌다. 내 손목을 쥔 라일라의 손이 갑자기 느슨해지며 차갑고 거센 물살이 우리를 떼어 놓았다.

쓰고 있던 망토가 수면으로 부풀어 올랐다. 작은 상처들이 타들어 가던 몸이 이제는 전신이 끓어오르는 고통으로 변했다. 라일라가 나를 말라카 해협 쪽으로 끌고 가는 것 같았다. 그리고 어느새 정박해 있는 배 아래에 난 그늘진 구멍으로 내 손을 잡아끌고 있었다. 이제는 놈들이 엄청나게 많아졌다. 연료는 바닥이 나 있고 탈출하려는 사람들이 갑판에 미어터졌다. 그리고 놈들은 구름이 밀려오듯이 밑바닥에서부터 점차 우리쪽으로 모습을 드러내기 시작했다. 우리는 기름 탱크 아래의 약간 어둑어둑한 곳에서 쉴만한 장소를 찾아냈다. 공교롭게도 그 배는 침몰한 유람선 위에 닻을 내리고 있었다. 우리는 등을 요트의 부서진 선체에 등을 기대앉아 쉬었다. 둘 다 너무 놀라서 꼼짝도 하지 못했다. 그늘이 이동하면서 자세를 바꿀 때가 되었고, 나는 그제야 라일라의 상처가 얼마나 심각한지 알게 되었다.

그녀는 전신이 거의 완전히 구워진 상태였다. 벌거벗은 채로 자지 말라고 내가 그렇게 누누이 주의를 줬건만! 나는 공포에 질린 그녀의 얼굴을 바라보았다. 그 찰나, 숯처럼 새까맣게 탄 살점이 그녀의 하얀 뼈를 드러내며 천천히 떨어져 나갔다. 그녀는 항상 허영심이 많았고, 자신의 완전무결한 아름다움에 집착이 강했다. 수백 년 전에 그녀가 우리 종족이 된 이유도 바로 그 집착 때문이었다. 그녀가 제일 끔찍하게 생각하는 악몽은 자신의 외모가 망가지는 것이었다. 바닷물이 내 눈물을 가려줄 수 있어서 감사할 뿐이었다. 나는 억지로 용감한 미소를 지으면서 거의 해골처럼 변해버린 그녀의 어깨를 내 팔로 감쌌다. 내 품에서 몸을 떨던 그녀는 까맣게 타버린 한 팔을 들어 페나이 해변 쪽을 가리켰다.

반송장들이 옅은 안갯속을 헤치며 걸어오고 있었다. 물론 우리를 인식하지는 못했는지, 조금도 눈길을 주지 않고 그대로 지나쳐갔다. 인간들에게 남은 마지막 피난처인 페낭 섬이 이제 그들의 유일한 목적지였다. 우리는 조용히 놈들을 지켜보았다. 너무 지쳐서 길을 피해 자리를 옮길 여력도 없었다. 한 놈이 우리 쪽으로 너무 가까이 온 나머지 뻗고 있던 내 한쪽 다리에 걸려 넘어졌다. 나는 느릿느릿하게 넘어지고 있는 놈을 잡아주려고 자유로운 다른 쪽 팔을 뻗었다. 내가 왜 그런 짓을 했는지는 나도 모르겠다. 라일라도 이해할 수 없다고 했다. 그녀는 재미있다는 표정으로 나를 바라보았다. 나도 똑같이 당황스러운 얼굴로 어깨를 들썩였다. 그녀가 웃자 불타고 갈라진 그녀의 얼마 남지 않은 입술이 미소로 말려 들어 가면서 아랫입술이 반으로 갈라졌다. 나는 그걸 모른 척하면서 그녀를 보고 마주 웃으며 그녀를 안고 있던 팔에 더욱 힘을 주었다. 파란 해수면이 오렌지빛으로 물들고, 또

보랏빛으로, 그리고 마침내 평화로운 검정빛으로 물들 때까지 우리는 꼼짝없이 앉아서 걸어오는 시체들의 대열을 지켜보았다.

해가 지고 몇 시간이 지난 뒤에야 격렬한 전쟁터로 향하기 위해 해안가에 갔다. 이제는 내가 라일라를 돌볼 차례였다. 내가 해안에 닿자마자 전력 질주하는 동안, 그녀는 내 목에 매달린 채로 떠는 몸을 축 늘어뜨리고 있었다. 나는 조지타운의 콤타 타워(페낭 섬의 중심가인 조지타운에 있는 랜드마크로 64층의 원통형 빌딩 — 옮긴이) 잔해 사이로 깊고 안전해 보이는 굴을 발견했다. 지금으로서는 인간들과 햇빛만 피할 수 있다면 더 이상 아쉬울 것이 없었다. 등을 기대고 조용히 쉬고 있는 라일라의 상처에서 끊임없이 김이 올라왔다. 내가 할 수 있는 거라고는 그녀의 엉망으로 망가진 손을 쥐고 나지막이 자장가를 읊조리는 것뿐이었다. 오래전에 들어봤던, 이제는 거의 잊어버린 어린 시절의 자장가였다.

그 금방이라도 무너질 것 같은 굴에서 7일 밤을 틀어박혀 있었다. 어둠이 내리면 나는 피를 찾아 돌아다녔고, 그동안 라일라는 천천히 기력을 회복했다. 페낭에는 아직도 살아있는 인간이 상당수 남아 있었고, 밀려오는 파도처럼 바다에서 속속 나타나는 반송장들과 용감하게 싸우고 있었다. 7일 밤 동안 우리는 인간 종족의 최고의 면모와 우리 종족의 최악의 모습을 동시에 목도했다.

동족끼리 죽이는 것을 보는 것보다 더한 악몽은 없다. 죽임을 당하는 쪽은 더 작고 연약했다. 그 사내는 겨우 의식이 붙어 있는 먹잇감을 뺏겠다고 여자 동족을 죽였다. 정신이 나갔나? 멀쩡히 살아있는 인간들은 아직도 많다. 왜 저런 먹잇감을 두고 싸우는 걸까? 미쳐버린 거다. 많은 인간들이 정신을 놓고 망가져 갔다. 우리라고 뭐 다를까? 7일 밤을 보내면서 나는 살인의 현장을 여러 번 목격했다. 한 번은 아무런 이유도 없이 살인이 일어났다. 동족 사내 둘은 거의 막상막하였다. 서로 잡아 뜯고 물어뜯으면서 상대방의 심장을 발겨내려고 안달이었다. 그때, 나는 내 형제들이 가학적인 성향을 가진 아이들이 가지고 노는 전쟁 장난감들처럼 모든 것을 잊고 광기에 휘둘리는 모습을 보았다. 나중에는 그 싸움이 살인이 아니라 상호 간 합의한 자살이 아닐까 의심할 정도였다.

우리 종족들에게 남의 목숨을 빼앗는 일은 새로울 게 없었다. 그리고 그렇게 얻은 영생은 언제나 절망으로 이어졌다. 100년에 한 번 정도는 '모닥불로 걸어 들어간' 이들의 이야기가 들렸다. 나는 한 번도 직접 그런 이들을 본 적이 없었다. 하지만 이제는 매일 밤마다 그런 것을 본다. 하나같이 아름

답고, 강한, 누가 봐도 천하무적일 것 같은 너무나 많은 우리 종족들이 너무나 쉽게 불타오르는 건물들 안으로 걸어 들어 갔다. 어떤 이들은 '반송장들을 이용한 자살'을 하기도 했다. 내 친구들 몇몇이 그랬던 것처럼 그들은 걸어 다니는 역병 떼들의 부패한 몸뚱이에 송곳니를 꽂아 넣었다. 고통에 울 부짖는 그들의 비명소리가 깨어 있는 내내 나를 괴롭혔고 특 히 응우옌을 발견했던 날 밤에 느꼈던 고통은 심장을 찢는 듯했다.

응우옌는 반송장과 인간 시체의 잔해로 가득한 맥칼리스 터 거리에 있었는데, 비척비척 걷고 있다는 표현 외에는 달 리 설명할 길이 없는 모습이었다. 평온한 얼굴로 제법 명랑해 보이기까지 했다. 처음에는 나를 알아보지 못하는 것 같았 다. 그는 시선을 동이 터오는 동쪽으로 시선을 고정한 채 걷 고 있었다.

"응우옌!"

나는 신경질적으로 그의 이름을 불렀다. '집'에 갈 시간을 조금이라도 더 지체하고 싶지 않았다. 먹잇감을 찾는 것도 점점 어려워지고 있었고 해가 떠오르기 전에 라일라에게 어 서 돌아가고 싶었다.

"응우옌!"

나는 조바심이 나서 소리쳤다. 자기의 이름을 세 번째 부를 때야 비로소, 그 늘다리 실존주의자가 뒤로 돌아섰다. 오래된 모스크의 잔해 위에 서서 나를 쳐다보더니 친근하게 손을 흔들었다.

"대체 뭐하는……"

내가 말을 끝맺기도 전에 그가 대답했다.

"동트는 쪽으로 걸어가 보려고." 그는 너무나도 당연한 걸 물어보냐는 투로 말했다. "그냥 동트는 쪽으로 가보려는 거야."

라일라에게는 내가 본 것에 대해 말하지 않았다. 나는 우리가 있는 굴 밖에서 일어난 끔찍한 일들 중 어떤 것도 그녀에게 말하지 않았다. 그녀가 간신히 숨이 붙어 있는 먹이의 피를 빠는 동안, 나는 내가 할 수 있는 최대한 밝은 미소를 지어 보이며 머릿속으로 몇 번이고 연습했던 말을 되풀이했다.

"우린 아무 일 없을 거야. 우린 괜찮을 거야." 내가 말문을 열었다. "해결할 방법을 알고 있으니까."

배 아래에서 보낸 첫째 날에 든 생각이었다. 지난 며칠 밤 사이 그 구상은 급속도로 발전해 가던 터였다.

"사육하는 거야." 그녀는 놀란 얼굴로 아직 회복이 덜 된

눈썹을 치켜떴다. "인간들이 지구상에서 군림하는 종이 된 것도 다 그렇게 했기 때문이라고. 어떻게 보면 동물을 사냥하던 방식에서 사육으로 바꾼 거지. 우리도 그렇게 하는 거야!"

그녀가 뭐라고 하는 찰나, 나는 낫고 있는 그녀의 입술에 한 손을 갖다 대며 말을 막았다.

"일단 들어나 봐! 아직도 수백 척의 함선이 있는데 그 안에는 인간들이 수천 명은 될 거야. 그런 배 하나만 유인하면 돼. 그 가축들을 섬 같은 곳에 데려가는 거지. 섬은 근처에 수백 개나 있으니까. 우리는 그 중에서 인간 목장을 만들 수 있을 만큼 큰 섬만 찾으면 되는 거야! 어쩌면 목장으로 사용하던 섬이 있을지 몰라! 그러니까, 인간들은 자기들이 사육된다는 생각을 안 하고, 천국에라도 왔다고 생각하겠지. 우리가 도착하기 전까지는!

그 무리의 우두머리를 제거하는 데는 하룻밤만 사태를 치르면 충분해. 나머지 무리들은 알아서 따를 테니까. 그들은 너무나 엄청난 일을 겪어왔기 때문에 쉽게 받아들일 거야! 인간들을 사육하게 될 거라고! 골칫거리인 놈들은 계속해서 제거하고 고분고분한 놈들은 발목을 묶어서 잘 먹여야지. 그들의 지능이 뛰어난 만큼 시간이 흐르면서 어쩌면 이종 번식을 하게 될지도 모르지. 그러면 우리가 영원히 세계를 지배하는 거야! 반송장들은 영원히 살지 못해, 놈들이 썩어가는 걸 너도 봤잖아. 안 그래? 그렇지? 얼마나 버틸 수 있겠어, 몇 년, 몇 십 년? 우린 그저 놈들이 없어질 때까지 기다리기만 하면 되는 거야. 우리 산호 섬에서 안전하게, 혈액 공급원들을 데리고 자급자족하면서 말이야. 그게 아니면 더 괜찮은 방법이 있는데, 훨씬 더 나을지도 몰라, 보르네오 섬이나 뉴기니 섬으로 가는 거지. 분명히 이런 대참사의 손이 미치지 않은 인간 부족이 남아 있을 거야! 우리가 그들을 다스리면서 신처럼 살 수 있어! 그러면 굳이 우리가 돌보아 줄 필요도 없고 도살할 필요도 없고, 그들이 알아서 다 할 거야. 새로운 신들에 대한 사랑으로 그 모든 걸 하는 거지! 할 수 있어! 두고 봐! 할 수 있어. 그렇게 **할 거야!**"

그 순간 나는 내가 말한 모든 것을 순진하게 믿게 되었다. 우리가 어떻게 배나 섬을 찾을 건지는 중요하지 않았다. 어떻게 그 신비주의 인간 '부족'을 달아나지 못하게 잡아 둘지, 건강한 상태를 유지할지, 심지어 어떻게 먹일지는 문제가 아니었다. 보르네오 뉴기니 섬에 대한 계획만 본다면 그 구상의 세세한 것들은 인간 목장을 만드는 것에 비하면 논할 일도 아니었다. 중요한 것은 내가 그토록 나 자신을 믿고 싶었다는 것이다. 그리고 라일라도 나를 믿어 주기를 마음속 깊이 간절히 바랐다.

그녀의 미소에 비쳤던 의미를 읽었어야 했다. 응우옌의 미소와 너무나 닮아 있었던 그녀의 표정을. 그 순간에 그녀를 막았어야 했다. 강철이나, 콘크리트, 안 되면 내 몸을 던져서라도. 그날 그렇게 잠들지 말았어야 했다. 다음 날 저녁에야 그 광경을 발견하고 놀라게 되다니. 라일라, 내 누이이자 내 친구였고 나의 강인하고 아름다운, 영원한 밤하늘 같은 존재. 우리의 심장이 아직 뛰고 있을 때부터, 함께 정오의 태양이 내리쬐는 온기 아래에서 웃고 장난치던 때부터 우리가 그동안 얼마나 오래 함께했던가? 그녀를 따라 어둠의 세계로 들어온 이후로는 또 얼마나 오래 함께였던가? 내가 그녀를 따라 햇빛 속으로 들어갈 때까지는 얼마나 남았을까?

이제 밤은 정적에 싸여 있다. 비명소리도 불길도 사그라진 지 오래다. 사방에 깔린 반송장들은 눈이 보이는 한 정처 없이 발을 끌며 걸어 다니고 있다. 도시에 남아 있던 마지막 먹잇감을 사냥한 지 벌써 3주가 다 되어간다. 사랑하는 라일라가 재로 변해버린 지는 거의 4개월이다. 목장 계획은 부분적으로 실현되긴 했다. 근처에 정박해 있는 배에는 아직도 몇몇 인간들이 남아 있다. 물고기나 빗물로 연명하면서 언젠가는 구출될 거라는 희망으로 살고 있는 것이다. 나로서는 최대한 자제하면서 사냥을 했지만 그들의 수도 계속해서 줄고 있다. 내가 마지막으로 남아 있는 자의 피를 빨기까지 계산을 해 보면 기껏해야 몇 달밖에 더 안 남았다. 사육을 하겠다는 계획을 실현할 만한 지략이나 의지가 있다고 해도 자급자족 가능한 무리를 만들기에는 부족한 수다. 현실 직면이야말로 가장 잔인한 스승이다. 그리고 언젠가 응우옌이 했던 말처럼 '내가 계산을 해봤다.'

어쩌면 우리 종족 중에서 누군가가 '목장' 프로젝트 비슷한 것을 시도할지도 모르겠다. 그리고 잘하면 성공할 수도 있겠지. 세계는 갑작스럽게 너무나도 넓은 공간이 되어버렸고, 광활한 수평선 너머에는 언제나 가능성이 있다. 나도 발목을 묶은 인간들 한둘을 내 겨드랑이에 끼고 생존을 위한 식민지를 건설을 향해 떨치고 나아갈 수도 있었을 것이다. 어쩌면 한동안은 그들을 살려두는 방법을 찾을 수 있었을지도 모른다. 그들에게 음식과 물을 먹이고 낮에는 그들을 한데 묶어놓고 굴 속에 처박혀 있었을 것이다. 세이렌 중 하나가 그들이 어떻게 체류할 것인지에 대해서 이야기하던 중 비숫한 생각을 말했던 적이 있다. 신중하게 배급을 하고 최대 속도로 날아간다면 근처에 있는 섬들을 충분히 섭렵할 수 있었을 것이다. 그렇게 발견한 섬들은 내가 페낭 섬을 떠나지 못하게 만들었을 것이다. 적어도 실체를 모른다면 공상이라도 할 수 있다. 요 근래에 밤마다 내가 할 수 있는 거라고는 공상뿐이다.

내 공상 속에서는, 돌아다니는 역겨운 시체들이 지구를 장악하지 않는다. 내 공상 속에서는, 반송장들이 먼지가 되어 사라질 때까지 밤과 낮의 아이들이 모두 살아남는다. 인간들이 쓴 '종말 소설'에서처럼 내가 종이와 나무, 심지어는 유리에 내 추억을 남기고 있는 것도 그 때문이다. 내 공상 속의 나는 마지막 밤들을 아무런 소득도 없는 맬서스 식 횡설수설을 하느라 낭비하지 않는다. 내가 남긴 말들은 길잡이이자 경고로서 그리고 모두에게 뱀파이어로 알려진 한 종족의 궁극적인 구원으로서 제 역할을 할 것이다. 나의 명멸하는 빛은 스스로 사라지기로 결심한 이들의 마지막 빛이 아닐 것이다. 이 멸종의 퍼레이드는 내 춤으로 끝나지 않을 것이다.

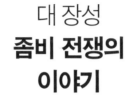

대 장성
**좀비 전쟁의
이야기**

다음은 작가가 전후 자료 수집을 위한 국제 연합 위원회에서 군 복무 중에 실시한 인터뷰이다. UN 공식 보고서에 내용이 발췌되어 있지만 인터뷰 전문은 UN 기록 담당관의 관료적인 착오로 브룩스의 개인 출판물인 『세계대전Z』에 누락되었다. 이어질 내용은 지금은 간단히 '좀비 전쟁'으로 불리는 대공황 당시의 생존자에게 직접 들은 목격담이다.

대 장성:3947-B구간, 산시성, 중국

리우 화펑은 타이위안(태원. 펀허강 상류에 있는 산시성의 성도로 중국에서 가장 큰 산업도시 중 하나—옮긴이)에 있는 타카시마야 백화점에서 점원으로 일을 시작했고 이제는 그 백화점이 있던 자리 근처에 자그마한 상점을 운영하고 있다. 매달 첫째 주말이면 늘 그랬듯이 이번 주말에도 예비군 훈련에 참가한다. 그녀는 라디오와 조명총, 쌍안경, 그리고 날이 넓은 고대 중국 검을 현대화한 '다다오'로 무장했다. 대 장성 5킬로미터 구간을 순찰하는 동안 그녀의 곁엔 '바람결에 되살아나는 옛 기억'이 함께한다.

이 성벽은, 제가 쌓았던 구간인데 위린(유림. 산시성 북단의 상업도시 — 옮긴이)에서 시엔무(신목. 탄광이 발달한 위린시의 관할 구역 — 옮긴이)까지 이어지는 구간이었어요. 본래는 하(夏) 왕조 때에 건립된 것으로 굳은 모래와 갈대가 섞인 진흙으로 내부를 채우고 양쪽 외벽은 진흙을 구워 만든 두꺼운 벽돌로 둘러쌌었죠. 이 구간은 어떤 여행자의 엽서에서도 언급된 적이 없었습니다. '용의 등뼈'라고 불리는 명나라 시대의 상징적인 성벽들과 견줄 정도의 명성을 바라지도 못했지요. 제구실을 하긴 했지만, 눈에 띄지는 않았거든요. 우리가 재건을 시작할 무렵 경에는 거의 허물어져 사라지기 직전이었습니다.

수천 년간 침식되고, 폭풍우와 사막화를 겪으면서 급격한

타격을 입었던 거죠. 인류가 '진보'하면서 대놓고 파괴되기도 했습니다. 수세기에 걸쳐서 지역 주민들이 집을 짓는 데에 벽돌이 쓰였지요. 훔치는 거나 다름없이 벽돌을 마구 빼 갔습니다. 현대식 도로를 만드는데도 일부 사용되었고 '중요한' 육상 교통에 방해되는 구간은 아예 통째로 없애버리기도 했어요. 그리고 물론, 자연 침식과 태평 시절의 발달을 시작으로 대공황이 왔고, 감염과 그 후 몇 달간 이어진 내란도 겪었습니다. 어떤 지점은 성벽 내부를 채우고 있던 굳은 모래 외에는 아무것도 남지 않았어요. 그런 흔적조차도 남지 않은 곳은 부지기수였죠.

새 정부가 국방 차원에서 만리장성을 복원할 계획을 하는 줄은 모르고 있었습니다. 처음에는 제가 동원되었다는 것조차도 몰랐으니까요. 그 무렵에는 사람들이 쓰는 말이 다들 너무나 많이 달랐거든요. 방언이 너무 많았는데 제가 아무리 이해해 보려고 해도 그냥 새소리나 다름없이 들렸죠.

제가 도착했던 날 밤, 눈에 보이는 거라고는 횃불이랑 망가진 차 몇 대에서 비추고 있는 전조등 불빛뿐이었어요. 9일 내내 꼬박 걸어서 왔더니 여기였습니다. 저는 지친 데다가 무서웠죠. 처음에는 이게 뭔지도 몰랐어요. 그저 제 앞에서 총총거리며 가는 형체들이 보였는데 사람이더군요. 얼마나 오랫

동안이나 그대로 서 있었는지, 일꾼들 중 하나가 저를 발견했습니다. 제게로 달려오더니 잔뜩 흥분해서 뭐라고 말을 하기 시작했어요. 그 남자에게 당신이 하는 말을 알아듣지 못하겠다는 의미의 몸짓을 보여줬죠. 그 사람은 난감해하더니 자기 뒤쪽에 건물처럼 보이는 것을 가리켰어요. 좌우로 늘어선 사람들이 어둠 속으로 끝없이 뻗어 가는 뭔가를 작업 중인 모습이 보였어요. 저는 한 번 더 고개를 가로저었습니다. 양쪽 귀를 가리키며 바보처럼 어깨를 으쓱거렸죠. 그는 화가 난 듯 한숨을 쉬더니 손을 들어 보이더군요. 손에 벽돌 하나를 쥐고 있었어요. 그걸로 저를 치려는 것 같아서 달아나려고 뒷걸음질을 치기 시작했죠. 그때 그가 그 벽돌을 저한테 안겨주었고 제가 양손으로 받아들었습니다. 그 사람이 건설 현장 쪽으로 몸짓하더니 그 쪽으로 저를 떠밀더군요.

제가 떠밀려 가자 팔을 뻗으면 닿을 만큼 가까이에 있던 일꾼 하나가 그 벽돌을 낚아챘습니다. 타이위안 사람이더군요. 그 사람 말은 확실히 알아들을 수 있었지요.

"참나, 대체 뭘 멍하니 기다리고 있는 거야?" 그 사람이 제게 호통을 쳤죠. "더 필요하단 말이야! 어서! **움직이라고!**"

그렇게 저는 새 만리장성을 만드는 일에 '선발'되었습니다.

(그녀는 그 균일한 콘크리트 구조물을 가리켰다.)

처음에 그렇게 극성을 부리던 때는 전혀 이런 모습이 아니 었습니다. 지금은 전쟁 후기와 전후의 기술 수준에 근거해서 정비를 하고 보강한 모습이죠. 그 당시에는 콘크리트 같은 게 없었어요. 남아 있는 기반 시설들도 거의 다 성벽의 반대 쪽에 있었습니다.

남쪽에요?

네, 안전했던 쪽이요. 성벽의 안쪽, 하 왕조 때부터 명나라 때까지 세웠던 성벽들이 하나같이 지켜왔던 쪽이죠. 성벽은 가진 자와 못 가진 자들, 번영하는 남쪽과 야만스러운 북쪽 을 구분 짓던 경계였습니다. 심지어 오늘날에도, 특히나 이 지방에서는, 경작지와, 공장, 도로, 철도와 비행장까지, 우리 의 손길이 필요한 엄청난 업적들이 모두 그 엉뚱한 곳에 다 있었어요.

듣기로는 대피하던 중에 몇몇 산업 설비들을 북쪽으로 옮겼 다고 하던데요.

사람이 들어 옮길 수 있는 것이나 공사 현장 바로 근처에

있는 것만 그랬지요. 20킬로미터 밖에 있는 것들은 손도 못
댔고, 전선 너머에 있는 것이나 감염 지대 깊숙이 외딴 구역
에 있는 것들도 마찬가지였어요.

우리가 정말 요긴하게 잘 썼던 자재들이 있었는데 근처 도
시에서 가져온 목재, 금속, 콘크리트 덩어리, 벽돌 같은 것들
이었습니다. 그 도시를 이루고 있던 것들이었죠. 완전히 똑같
이 생긴 벽돌이 제법 되었는데 그건 원래 성벽에 있던 걸 빼
가서 사용했던 거였습니다. 눈에 띄는 대로 쓸만한 자재들을
다 끌어모아 이렇게 저렇게 섞어 구색을 갖춰 만들었답니다.
목재는 녹색 장성(전쟁 전에 사막화를 막기 위해 시행했던 생
태 복원 프로젝트) 사업으로 조성한 삼림, 가구, 그리고 버려
진 차량에 있는 걸 썼었죠. 심지어 밟고 있던 사막의 모래도
잡석과 섞어서 중심부를 만드는 데 썼고, 정제하고 가열해서
유리벽돌을 만들었죠.

유리요?
커다랬어요. 이 정도.

(그녀는 허공에 길이, 두께, 너비가 각각 어림잡아 20센티미터
씩 되는 덩어리 모양을 그렸다.)

126

스자좡(석가장. 허베이성 화베이 지구의 공업지대 ── 옮긴이)에서 온 기술자 하나가 아이디어를 냈어요. 전쟁이 나기전에 유리 공장을 한 사람이었는데 이 지방에 석탄과 모래가 제일 흔하니까 그걸 쓰면 되겠다는 생각을 한 거죠. 이렇게 커다란, 구름만 한 유리벽돌들을 수천 개나 찍어낼 정도로 하룻밤 새에 거대 산업처럼 발전했어요. 두께도 크고 무거워서 좀비들의 말랑한 맨주먹에는 꿈쩍하지 않았습니다. 우리끼리는 '인체보다 더 강하게 만들자'고 했는데, 그랬기 때문에, 안됐지만 우리한테 더 치명적이었습니다. 유리장이 밑에서 일하는 사람들은 가장자리를 모래로 갈아놓는 일을 하는데 가끔씩 깜빡하고 그냥 내놓는 거예요. 우리는 그것도 모르고 그걸 그냥 들어 옮겼지요.

(그녀가 칼자루를 쥐고 있던 손을 내보였다. 손을 갈고리처럼 오므린 채였다. 깊어 보이는 하얀 흉터자국이 손바닥에 가로로 길게 나 있었다.)

손을 싸맬 생각은 못했거든요. 뼈가 드러날 정도로 단번에 잘렸고 신경도 끊겼죠. 엄청나게 많은 사람들이 그러다 감염이 돼서 죽었는데 저는 어떻게 살아남은 건지 모르겠어요.

그것들은 잔인했고, 정신이 나간 것처럼 보였어요. 우리 모두 알고 있었습니다. 날이 갈수록 남쪽에 있는 무리들이 더 가까이 올 테고 조금이라도 지체하면 모든 노력이 허사가 된다는 걸요. 잠이나 잘 수 있었겠습니까마는, 우리들은 일 하던 곳에서 그대로 잠을 청했어요. 먹는 것도, 대소변을 보는 것도 우리가 일하던 바로 그 자리에서 해결했습니다. 아이들은, '밤의 대지의 소년단'들 말이에요. 양동이를 들고 바쁘게 다녔죠. 우리가 작업을 하는 동안 대기하기도 했고, 전에는 쓰레기로 버렸던 것들을 주워 모았습니다. 다들 동물처럼 일하고 동물처럼 살았어요. 꿈을 꾸면 엄청나게 많은 얼굴들이 보인답니다. 같이 일했지만 전혀 알고 지내지 못했던 사람들의 얼굴이요. 사회적인 상호작용을 할 틈이 없었어요. 주고받은 말이라고는 대개 손짓이나 앓는 소리로 내뱉은 단 말마뿐이었습니다.

꿈 속에서는 함께 일했던 사람들에게 말을 걸어보지요. 이름도 물어보고, 그 사람들이 하는 이야기도 들어주고요. 꿈은 흑백으로만 꿔진다면서요. 그 말이 맞는 것 같아요. 나중에는 흑백으로밖에 기억이 안 나겠죠. 초록색 염색이 다 바랜 앞머리를 흩날리던 여자아이가 있었어요. 연로한 어르신은 누더기가 된 비단 파자마를 입고 있었는데 때 묻은 핑

크색 여자용 목욕 가운으로 몸을 감싸고 있었지요. 거의 매일 밤마다 그 사람들의 얼굴이, 하나같이 낭패로 가득한 얼굴들이 보입니다.

너무나 많은 사람들이 죽었습니다. 바로 옆에서 일하던 사람이 잠시 숨 돌리려고 앉았다가 다시는 일어나지 못하곤 했죠. 의료진이라고 할 수 있는 사람들은 들것을 가지고 오는 당번들뿐이었어요. 그 사람들도 쓰러진 사람들을 진료소에 데려가는 것 말고는 전혀 손 쓸 수 있는 게 없고, 그렇게 실려 간 사람들은 거의 다 살아오지 못했습니다. 저는 하루도 빠짐없이 그 사람들의 고통을, 그 고통에 대한 자책감을 품고 살았지요.

자책감이요?

그 사람들이 발밑에 주저앉거나 드러눕더라도 하던 일을 멈출 수 없었어요. 일말의 동정도, 친절한 한마디 말도, 의료진이 올 때까지 견딜 수 있도록 편안하게 해 주는 것조차도 할 수 없었습니다. 우리는 그들이 필요로 했던 한 가지를, 그들뿐 아니라 우리 모두가 다들 얼마나 물을 마시고 싶어 하는지 알고 있었지요. 이 지방에서 물은 귀했고, 우리가 가지고 있던 물은 거의 다 회반죽을 섞는 데 쓰고 있었습니다. 다들 하루에 반 컵도 안 되는 양을 배급받았어요. 저는 물을 재활용 플라스틱 탄산음료 병에 넣어서 목에 걸고 다녔습니다. 모두 엄격한 규칙을 따라야 했는데, 병들거나 다친 사람들한테 자기 몫을 주지 말라는 것이었죠. 논리적으로는 수긍하지만, 연장과 돌무더기 사이에 다친 몸을 웅크리고 있는 사람을 보면, 고작 한 모금밖에 안 되는 물밖에는 베풀 수 있는 게 없다는 걸 알면서도……

그런 생각을 할 때마다, 목을 축일 때마다 항상 죄책감이 들었죠. 이제 내가 죽을 차례구나 하는 생각이 들던 찰나에 특히 더 죄책감이 들었는데, 운 좋게도 진료소 근처에 있을 때 그런 순간이 왔죠. 제가 가마를 오가는 컨베이어 벨트처럼 길게 늘어선 사람들 사이에서 유리 작업 일을 하고 있을 때였어요. 그 일을 한 지 두 달이 채 안 되었을 때였는데, 굶주린데다가 열도 있어서 장대에 매달려 오가는 벽돌들보다도 몸무게가 안 나가던 상태였죠. 벽돌을 밀려고 몸무게를 실었는데 몸이 비틀거리며 바닥에 엎어졌어요. 앞니 두 개가 깨진 것 같았고 입에서 피 맛이 나더군요. 눈을 감고서 그런 생각을 했습니다. '이제 내 차례구나.' 마음의 준비를 했어요. 끝을 내고 싶었어요. 그 때 당번들이 근처를 지나가고 있지 않았더라면 바라던 대로 이뤄졌겠죠.

사흘 동안 쉬게 된 저는 몸도 씻고, 물도 마음껏 마시면서 죄책감에 빠져 살았어요. 다른 사람들이 성벽에서 매 순간 고초를 겪고 있던 내내 말이에요. 의사는 저에게 몸을 회복하려면 며칠 더 쉬는 게 좋을 거라고 하더군요. 동굴 입구에서 당번이 소리치는 걸 듣지 못했더라면 아마 의사가 말한 대로 했을 겁니다.

"적색 불이다!"라고 하더군요.

"적색 불이야!"

녹색 불은 공격해 온다는 신호였고, 적색 불은 어마어마하게 몰려온다는 뜻이었어요. 적색 신호는 그 당시까지만 해도 드물었죠. 그 전에 딱 한 번 있었는데 시엔무의 북쪽 경계 끝 근처의 먼 곳에서 일어난 일이었어요. 당시에는 최소 일주일에 한 번은 나타나더군요. 동굴 밖으로 달려 나가서 내가 일하던 구역까지 뛰었는데 마침 썩어문드러진 손과 머리들이 아직 완공이 덜 된 성벽 위로 모습을 드러낸 것이 보였어요.

(우리는 멈춰 섰다. 그녀는 우리가 밟고 서 있던 돌을 내려다보았다.)

여기, 바로 여깁니다. 그것들은 쓰러진 동족을 밟고 경사로로를 삼아 올라왔습니다. 일꾼들은 어떻게 해서든, 놈들을 막아내려고 했어요. 연장이든 벽돌이든, 맨주먹에 맨발로라도 나섰죠. 저도 흙을 다지는 데 쓰던 쇠막대를 들었습니다. 그 쇠막대는 어마어마하게 다루기 힘든 도구였는데, 1미터 정도 되었어요. 한쪽 끝에는 손잡이가 수평으로 달려 있고 다른 쪽 끝에는 원통 모양으로 된 굉장히 무겁고 큰 돌이 달려 있었지요. 우리 일꾼들 사이에서도 몸집이 제법 크고 힘도 아주 센 남자들이나 겨우 다룰 수 있는 도구였죠. 제가 그걸 어떻게 들어 올렸는지, 어떻게 놈들을 조준하고, 그렇게 계속해서, 밑에서 올라오는 좀비들의 머리와 얼굴을 뭉개 버릴 수 있었는지…….

그렇게 엄청난 무리가 공격해 올 때는 군인들이 우리들을 보호해 주기로 했었는데 그 당시에는 남아 있는 군인들도 얼마 되지 않았습니다.

(그녀는 나를 성벽 가장자리로 이끌더니 남쪽으로 대략 1킬로미터 떨어진 한 지점을 가리켰다.)

저기 보세요.

(멀리 흙무더기에 돌로 된 오벨리스크 하나가 서 있는 것이 보였다.)

저 흙 속에 우리 수비군의 마지막 전투용 탱크가 묻혀 있어요. 연료가 바닥나자 군인들은 탱크를 사격용 진지로 만들었습니다. 탄약을 다 쓴 뒤에는 해치를 닫고 안에 남아서 놈들을 유인했어요. 식량이 떨어지고 수통의 물이 다 마를 때까지 버텼죠.

"계속해서 싸워!"

수동식 라디오에서 울부짖는 소리가 들렸어요.

"성벽을 완성해! 시민들을 지켜라! 성벽을 완성하라!"

제일 마지막에 남아 있던 군인은 17살의 운전병이었는데 31일을 버텨냈습니다. 그 당시 탱크 꼴이 말이 아니었어요. 좀비들이 산처럼 에워싸 덮고 있었는데 그 소년병이 숨을 거두는 순간 갑자기 모두 탱크에서 떨어져 나가더군요.

그때쯤, 제가 일하던 구역의 대 장성은 거의 다 완성이 되었지만, 소규모의 공격은 없어졌고 대규모로, 밀물처럼 끝이 없는, 백만 명 규모의 공격이 시작되었습니다. 애초에 그만한 숫자에 맞섰더라면, 북쪽 도시에서 싸우던 영웅들이 우리에게 시간을 벌어주려고 그렇게 희생되지는 않았을 텐데…….

새로운 정부는 전복된 과거의 정부와 차별화되어야 한다는 걸 알았죠. 국민들에게서 정당성을 얻어야 했고, 유일한 방법은 진실을 말하는 거였습니다. 엄청나게 많은 나라에서 고립 지역의 사람들이 정부에 '속아' 미끼가 되었지만 우리는 그렇지 않았어요. 공개적으로 솔직하게, 다른 사람들이 달아날 동안 잔류해 줄 사람이 있어야 한다는 부탁을 받았습니다. 개인의 선택이었고 시민 모두가 스스로 결정해야 할 문제였죠. 제 어머니는 저를 위해서 선택을 하셨습니다.

우리는 타이위안 교외에서 한때 가장 고급스런 동네에 살았는데, 방이 5개나 되는 우리 집 2층에 숨어 있었어요. 제 남동생은 죽어가고 있었습니다. 아버지가 먹을 걸 찾아오라고 남동생을 밖에 내보냈었는데 놈들한테 물려서 돌아왔거든요. 동생은 부모님의 침대에 누워서 온몸을 떨며 혼수상태에 빠져 있었어요. 아버지는 그 옆에 앉아서 몸을 앞뒤로 흔들어대셨습니다. 한시도 못 참고 몇 분마다 저희들을 부르셨어요.

"나아지고 있어! 봐, 이마 좀 만져보라고. 낫고 있는 거야!"

피난민들을 실은 기차는 우리 집 바로 옆을 지나가고 있었어요. 민방위 대표들이 집집마다 다니면서 누가 남고 누가

갈 것인지를 확인했지요. 어머니는 벌써 제 물건들을 작은 가방에 싸놓으셨더군요. 옷가지랑 먹을 것, 상태가 좋은 운동화 한 켤레, 총알이 세 개 남은 아버지의 권총이었어요. 내가 어릴 때 늘 그러셨던 것처럼 거울 앞에서 제 머리칼을 빗겨주셨어요. 언젠가 곧 뒤따라 북쪽으로 올라가서 만나게 될 테니까 울지 말라고 하시더군요. 어머니는 아버지나 아버지 친구 분들에게 가끔 이상한 미소를 짓곤 했는데, 얼어붙어 버린 것 같은, 생기 없는 미소였지요. 제가 망가진 계단을 따라 아래층으로 내려가자 이번에는 저에게 그런 미소를 지어 보이더군요.

(리우는 말을 멈추더니 긴 숨을 내쉬었다. 그러고는 단단한 돌 위에 갈고리 같은 손을 얹었다.)

3개월이었어요. 대 장성 전체를 완공하는데 그렇게나 오랜 시간이 걸렸습니다. 서쪽으로 산간지대인 징타이(경태. 우취엔산(山)의 역암림이 지질공원을 이루고 있는 황하석림이 유명한 간쑤성의 현 — 옮긴이)에서 산해관 해안의 노룽두(만리장성의 동쪽기점. 발해만 산해관 해안이 바다로 유입되는 부분에 축조한 성벽 — 옮긴이) 까지 이릅니다. 무너지거나 좀비들이 들끓은 적이 한 번도 없었어요. 결국 사람들을 모으고 전시 경제를 구축할 수 있는 숨통 트일 공간이 되어주었습니다. 레데커 플랜('모든 사람들을 구할 수는 없다.' 라는 전제로 폴 레데커가 만든 좀비 박멸 계획. 남아프리카 공화국에서 아파르트헤이트 정권 당시의 오렌지 84 플랜을 바탕으로 만듦. 국가가 선발한 인재, 혹은 구조가 가능한 사람들만 안전 지역에 수용하고, 그렇지 못한 사람들은 위험 지역으로 몰아넣어 좀비의 미끼로 사용함. 위험 지역에 몰아넣은 사람들에게는 지속적으로 물자를 보급하면서 그들에게 이곳이 안전 지역인 것처럼 속이며 최대한 시간을 끌기 때문에 비난을 받기도 했다 ─ 옮긴이)을 도입한 나라는 우리가 마지막이었습니다. 다른 모든 나라들에서, 그리고 호놀룰루 콘퍼런스에서 그 계획이 시행되고 나서도 오랜 시간이 지난 뒤였지요. 그렇게나 오랫동안, 엄청나게 많은 생명을 잃고 나서야, 모든 것이 허사가 되고 나서야 말이에요. 삼협댐(양쯔강 중상류의 중국 후베이성 이창의 세 협곡을 잇는 세계 최대 규모의 댐 ─ 옮긴이)이 무너지지 않았더라면, 그 벽이 무너지지 않았더라면, 이 성벽을 재건했을까요? 모를 일이지요. 둘 다 앞일을 내다보지 못하는 우리의 오만함을 보여주는 부끄러운 기념비지요.

만리장성을 쌓았을 때는 너무나 많은 사람들이 죽다 보

니 1킬로미터마다 한 사람이 죽은 셈이라고들 하더군요. 정말 그때 그랬는지는 알 길이 없지만…….

(갈고리 같은 그녀의 손이 돌을 다독였다.)

이 성벽은 그랬답니다.

〈끝〉

옮긴이 | 진희경

1982년생. 역서로는 『달콤하게 죽다』가 있다.

세계대전 Z 외전

1판 1쇄 펴냄 2012년 11월 2일
1판 8쇄 펴냄 2020년 10월 22일

지은이 | 맥스 브룩스
옮긴이 | 진희경
발행인 | 박근섭
편집인 | 김준혁
펴낸곳 | 황금가지

출판등록 | 2009. 10. 8 (제2009-000273호)
주소 | 06027 서울 강남구 도산대로 1길 62 강남출판문화센터 5층
전화 | 영업부 515-2000 **편집부** 3446-8774 **팩시밀리** 515-2007
홈페이지 | www.goldenbough.co.kr

도서 파본 등의 이유로 반송이 필요할 경우에는 구매처에서 교환하시고
출판사 교환이 필요할 경우에는 아래 주소로 반송 사유를 적어 도서와 함께 보내주세요.
06027 서울 강남구 도산대로 1길 62 강남출판문화센터 6층 민음인 마케팅부

한국어판 ⓒ ㈜민음인, 2012. Printed in Seoul, Korea

ISBN 978-89-6017-458-0 03840

㈜민음인은 민음사 출판 그룹의 자회사입니다.
황금가지는 ㈜민음인의 픽션 전문 출간 브랜드입니다.